AN DAS LEBEN

MIT MEINEM LETZTEN ATEMZUG

Unsere Tage sind gezählt, das war mir nie bewusst. Was ich wusste, war, dass wir nicht für ewig existieren. Keiner. Und dennoch habe ich geglaubt, dass jeder die Möglichkeit auf eine ganz bestimmte Zeit des Glücks hat. Mein Glück ist gezählt, nahezu so mager, wie die Tage die mir geschenkt wurden. Ich war verliebt in das Leben. Ich kannte niemanden, der das Leben so schätzte und ehrte wie ich. Jenes, noch zu der Zeit, bevor mein Gehirn seine Struktur veränderte. Wissen ist Macht, hat man mir gesagt. Aber woher weiß ich, dass mein Gehirn all das Wissen noch besitzt, das ich mir einst angeeignet habe? Es hatte mich enttäuscht.
Ich wollte von jener geliebten Welt scheiden, wie ich geboren wurde. Dieser eine Wunsch blieb mir verwehrt, weil mutagene Faktoren meine anfänglichen Strukturen verändert haben.

Ich wusste, dass sich alles ändert. Mir war klar, dass eine Sekunde, ein Wort, ein Blick oder sogar eine Diagnose ein ganzes Leben auf den Kopf stellen kann.
Niemals hätte ich mir erträumen lassen, dass ein Wort, ein Blick, welche eine Sekunde lang mir galten, mich veränderten.
Viele Fehler habe ich begangen, welche ich nie mehr gut machen kann. Doch wer begreift, dass das Leben jederzeit vorbei sein kann, erlaubt sich mehr Fehler.
Eines meiner Lebensziele war es, mir für ewig treu zu bleiben. Unmöglich, bei einer Diagnose wie dieser.
Meine Tage sind gezählt und sind es immer schon gewesen. Darüber bin ich bestürzt, denn ich habe es schließlich nie gewusst, nicht mal geahnt, nicht einmal in Betracht gezogen, einer dieser Menschen mit Krankheit zu sein.
Mir tut es leid, wenn ich mir darüber bewusst werde, dass ich den Menschen, die mich lieben, nicht die Gelegenheit geben konnte, sich von dem Simon zu verabschieden, der ich früher einmal war.
Ein hoffnungsloser Fall für die Medizin zu sein hat mich bewusst werden lassen, dass eben jenes Leben nicht für die Ewigkeit geschaffen ist. So wie auch ich nicht für die Ewigkeit geschaffen bin und leider auch nicht dafür alt zu werden.
Mit der Liebe meines Lebens, dem Freund aller Freunde und der wundervollsten Person in meiner eigenen kleinen Welt – meiner Mutter.
Der Mutter, die am Grab ihres Sohnes stehen muss, an dem Grab eines Geschöpfes, welchem sie das Leben geschenkt hat.
Und seine gezählten Tage, die ihre niemals übersteigen können.

Sie hatte sich nie mehr gewünscht, als ein Leben mit mir. Doch ihr Sohn zerstörte ihren Traum des normalen und für sie perfekten Lebens. Weil er die letzten Tagen seines Lebens an den Fingern abzählen konnte.

Kapitel 1

05.03.20xx

Ihr ruhiger Atem weckt mich so sanft, wie jeden Sonntagmorgen, wenn sie neben mir träumt und ich sie in den Armen halte. Zu ängstlich sie loszulassen, weil jeder Moment, den ich mit ihr verbringe ohne sie zu berühren, ein Moment ist in dem ich nichts fühle. Die Sonnenstrahlenflecken schimmern durch die Jalousie und fließen in den Raum, umschmeicheln ihre schlafenden Gesichtszüge. Mit träumenden Fingern streiche ich ihr die einzelnen Strähnen aus dem Gesicht, die sich dorthin verirrt haben. Unwissend darüber, dass sie durch die zarten Berührungen meiner Fingerkuppen erwachen könnte. „Morgen, warum bist du schon wach?", still lausche ich dem melodischen Klang ihrer taufrischen Stimme und hauche ihr einen Kuss auf die vollen Lippen. Vergrabe mit einem schelmischen Lächeln auf dem Mund meinen Kopf in ihrem Haar und atme tief ein. „Wenn du wüsstest wie spät es ist, Morgenmuffel", wispere ich und meine Hände finden ihren Bauch, zeichnen dort Kreise auf. Mit müden Augen sucht sie nach dem Wecker und kneift die Augen zusammen um die Zahl auf dem Display entziffern zu können. „12!", ruft sie aus und will aufspringen, doch ich umschlinge ihre Taille mit meinen Armen, damit sie mir nicht entwischen kann. „So schnell wirst du mich nicht los", lache ich und verteile Küsse ihren Nacken entlang, weil ich weiß, dass ihr das gefällt und sie dann bei mir bleibt.
„Simon, bitte", fleht sie und ich höre ihr Lächeln

durch ihre Bitte. „Simon?" ertönt die Stimme meiner Mutter ein Stockwerk tiefer. „Na gut", ergebe ich mich und entlasse sie aus meiner besitzergreifenden Umarmung, damit sie sich in Schale werfen kann. „Ja?" antworte ich meiner Mutter und greife nach meiner Jogginghose, um sie mir überzustreifen, springe aus meinem Bett und schnappe mir ein blaues T-Shirt von der Stuhllehne, welches ich mir im Laufen überstreife. „Hat Aspyn nicht ein Konzert?", will sie wissen und spült, mit meinem Vater, die Teller vom Frühstück. „Wir haben ein bisschen verpennt. Ich fahr sie heim", gebe ich ihr als Antwort und hänge zwei Socken vom Wäscheständer ab, damit ich sie mir überziehen kann. Währenddessen sprintet Aspyn die Treppen runter und drückt meiner Mutter einen Kuss auf die Wange zur Begrüßung. „Tut mir Leid. Aber ich muss gleich los, ich bin eh schon zu spät dran", entschuldigt sie sich und schlüpft in ihre dunkelblauen Vans. „Ich fahr dich, Schatz", ein Lächeln bringt ihr Gesicht zum Strahlen und sie greift nach ihrer Jacke und nimmt den Autoschlüssel, solange ich meine Schuhe binde. „Los!" lacht sie, sobald wir das Haus verlassen haben und zieht mich an einer Hand zum Auto. Ich stolpere hinterher. „My Lady", bitte ich und öffne ihr die Tür, damit sie einsteigen kann. Kurz darauf schwinge ich selbst meinen Hintern in den Chevrolet und setze die Sonnenbrille auf, fahre die Fenster runter und setze den Wagen in Gang.
Autofahren ist bei uns immer dasselbe, wir fahren mit heruntergelassenen Fenstern, weil ich es liebe, wenn der Wind über meine Haut streift. Das Radio

auf voller Lautstärke und laut mitgrölend zu jedem Lied, das uns gefällt.
„Kommst du vorbei um 15 Uhr?"
„Wohin?", frage ich ernst, obwohl ich weiß, dass um diese Uhrzeit ihr Konzert stattfindet. „Zu meinem Konzert", ein Schatten verdunkelt das Strahlen auf ihrem Gesicht und ich manövriere den Wagen in ihre Einfahrt, um ihr dann einen Kuss auf die Lippen zu drücken, ihren Gurt zu entriegeln und die Tür auf der rechten Seite aufzustoßen. „Natürlich, Schatz. Seit ich dich liebe komme ich zu jedem deiner Konzerte und ich schwöre, dass wird sich niemals ändern".
Zufrieden greift sie nach ihrer Jacke und schwingt sich aus dem Auto. „Bis später", sie winkt mir zu und tanzt zu der Musik, die aus meinem Radio ertönt, bis sie vor der Haustür steht. Sobald ich sehe, wie sie über die Türschwelle tritt, lege ich den Rückwärtsgang ein und verlasse ihre Ausfahrt. Mit 170 km/h auf der Autobahn rase ich nach Hause und spüre eine Schwärze, die mich aufsaugt. Mein Fuß verliert an Gewicht und der Wagen verringert drastisch sein Tempo. Ohne nachzudenken setze ich den Blinker und lenke das Auto an den Straßenrand um auszusteigen und meine volle Konzentration zurückzuerlangen. Ein dumpfer Kopfschmerz breitet sich von meiner Stirn ausgehend über mein ganzes Gehirn aus, gefolgt von einer schrecklichen Übelkeit. Mit ruhigen Atemzügen versuche ich dagegen anzukämpfen und stütze meine Hände auf die Knie, um irgendwo in dieser Situation, die mir den Boden unter den Füßen wegzieht, Halt zu finden.
„Junger Mann, ist alles in Ordnung?" gerade als ich dem netten Mann antworten will würge ich und

erbreche direkt neben der Tür des Autos. „Ist Ihnen etwas passiert?", will er wissen und legt eine Hand auf meine Schulter, mit zusammengekniffenen Augen versuche ich den Kopfschmerz zu verdrängen. Wenn ich nicht an ihn denke, ist er nicht da und ich kann wieder ins Auto steigen und nach Hause fahren. „Wichtiger Termin", bringe ich mühsam die zwei Worte hervor und wundere mich selbst über jene Schwierigkeit zu sprechen. Mutig schüttle ich seine Hand ab und schreite zur Wagentür um mich rein zu pflanzen und zu meiner Mutter zu fahren. „Sie fahren so gewiss nicht Auto!" bestimmend schlägt er mir die Tür vor der Nase zu und umfasst grob meinen Oberarm. Er zieht sein Handy aus der Hosentasche und wählt eine Nummer. „Los lassen", befehle ich und bin erneut erstaunt darüber, wie schwach und lahm meine eigene Stimme klingt. „Ich rufe einen Krankenwagen. Sie sehen nämlich gar nicht fahrtauglich aus", gibt er mir in einem ruhigen Ton die Antwort und wendet sich dann von mir ab. Von der erbärmlichen Gestalt neben ihm, die sich selbst angespuckt hat, wie ich unschwer erkenne als ich an mir herabblicke. „Nein!", brülle ich laut und versuche mich zu wehren, aber er umschlingt meinen Arm zu fest, als das ich mich wehren könnte.

Ein Erbrechen später und der Krankenwagen erscheint, mit Blaulicht und Sirene und bleibt hinter dem Wagen des Mannes stehen, der mich auf den Beinen hält, obwohl ich doch nicht mehr will als zu liegen und zu schlafen. So wie heute Morgen, in meinen Armen Aspyn und gefangen in Träumen an die ich mich nicht erinnern kann. „Ich vermute der

junge Herr hat etwas eingeschmissen, wenn sie verstehen was ich meine", verkündet der Mann seine Vermutung lauthals und übergibt mich den Händen der Ersthelfer. „Haben Sie irgendeine Art von Drogen zu sich genommen?", will er wissen und leuchtet mir mit einer viel zu hellen Lampe in die Augen um die Veränderung meiner Pupille zu betrachten.
„Ich versichere Ihnen…", nach einem Atemzug fahre ich fort: „…, dass ich keine Drogen konsumiert habe." Schwindel überkommt mich und ich setze mich kraftlos auf den Boden. „Lassen Sie mich ein paar Minuten zur Ruhe kommen…", erneut inhaliere ich Luft: „…dann kann ich nach Hause fahren."
„Junger Herr, das glaube ich nicht. Wir möchten gerne Ihre Eltern kontaktieren."
Meine Stimmbänder sind erschöpft von den Sätzen und ich schüttle stattdessen nur den Kopf.
Mein Handy liegt auf meinem Nachttisch und sonst trage ich nur meine Autoschlüssel bei mir. Die Ersthelfer sind schnell überfordert mit mir und ich versuche mich wieder zu fassen, damit sie nichts mehr gegen mich in der Hand haben, sobald der Arzt erscheint, den sie kontaktiert haben. „Mir geht es gut!" rufe ich laut aus und bewege mich Richtung Auto. „Sie dürfen die Stelle nicht verlassen, solange wir nicht in Kenntnis darüber sind, was vorgefallen ist", erteilt der größere der beiden Kerle mir den Befehl.
„Mir fehlt nichts", widerspreche ich und kämpfe in jeder Sekunde mit meinem Körper, damit er stehen bleibt und ich mich nicht erneut vor versammelter Mannschaft übergeben muss.

Einige Zeit später erscheint jener Arzt, auf den wir lange gewartet haben, er sieht mich an und klopft mir auf die Schulter. „Fahr zu, Junge", dann wendet er sich den Ersthelfern zu: „Dem Kerl fehlt rein gar nichts, dann hat er halt gespuckt. Vielleicht Magen-Darm. Geht zurück an eure Arbeit, falls ihr überhaupt welche leistet".

Nach der Ansage verziehen die Kerle sich in ihren Krankenwagen und ich besteige den Chevrolet und drehe den Schlüssel im Schloss, damit ich endlich nach Hause fahren kann.

Um 14 Uhr erreiche ich die Haustür und bin froh darüber, dass meine Eltern nicht zu Hause sind um mich zu fragen, warum ich solange gebraucht habe um Aspyn nach Hause zu fahren.

In der halben Stunde die mir bleibt, bevor ich erneut losfahren muss, schmeiße ich mir eine Fertigpizza in den Ofen, springe unter die Dusche, richte meine Frisur und kleide mich ein. Zuletzt verdrücke ich innerhalb fünf Minuten die Salamipizza und schiebe mir einen Kaugummi zwischen die Zähne, weil es für das Zähne putzen nicht mehr gereicht hat.

Um 14:30 Uhr rollt der Wagen aus der Einfahrt und ich parke schließlich etwas entfernt vor dem Eingang der Konzerthalle, sprinte in den Saal und ergattere einen Platz in der vordersten Reihe auf dem ein Zettel liegt. Ordentlich abgerissen und in sauberer Handschrift:

Für Simon, meinen bester Zuhörer.

Dann öffnet sich der Vorhang und mein Blick fällt auf sie und in diesem Augenblick fange ich das erste Mal, seitdem ich sie durch die Haustür habe verschwinden sehen, wieder an zu atmen.

♦♦♦♦♦♦

19.03.20xx

Seit dem Vorfall auf der Autobahn sind zwei Wochen vergangen, in denen mich nachts Kopfschmerzen plagten und ich mindestens dreimal pro Nacht vor Krämpfen aufschreckte. Am Anfang habe ich es noch erfolgreich unterdrückt, aber umso offensichtlicher das Ganze geworden ist, desto mehr habe ich mich mit den Schmerzen beschäftigt. Doch wenn Aspyn bei mir ist, vergesse ich alles um mich herum. Dennoch habe ich ihr nicht von den Schmerzen erzählt, aus Angst sie würde mich verlassen.

♦♦♦♦♦♦

15.07.20xx

Der Vorfall rückt immer mehr in Dunkelheit und ich versuche mich wieder mehr auf die Gegenwart zu konzentrieren.
„Simon!", brüllt Karsten. Karsten ist die zweite Hälfte meiner Selbst, ein Kerl der mir Wichtiger ist als meine Wenigkeit. Wir teilen diese Freundschaft nun seit mehr als 15 Jahren und haben auch nie vor, sie irgendwann aus den Augen und aus dem Sinn zu verlieren. „Komme schon!" keife ich zurück und

schlüpfe in meine Jordans, während meine Mutter mich an sich drückt.

„Ja, ich bin vorsichtig und kehre heil nach Haus zurück, Mami", gebe ich ihr jenes Versprechen, welches ich ihr immer geben muss, seit ich klein bin.

„Du hast so wunderschöne blaue Augen, sie sind so klar, sie sind meine ganze Welt", wispert sie in mein Ohr und streicht mir über die Wange. Karsten hupt ungeduldig und dreht das Radio lauter, damit ich es höre. „Versprochen Mami, du wirst diese Augen noch ganz oft sehen", mit einem Zwinkern und einem Kuss auf ihre Wange öffne ich die Haustür und springe auf den Beifahrersitz. „Ich bringe Ihnen die blauen Augen wieder heile nach Hause", verspricht Karsten ihr mit vollem Ernst und setzt den Wagen in Gang.

Während wir über die Straßen düsen, strecke ich meine Hand aus dem Fenster und genieße den Wind, der über meine Haut jagt, mich lebendig und frei macht.

„Weißt du, was wir machen sollten?", ein Lächeln stiehlt sich auf Karstens Gesicht, das sich in all den Jahren stark verändert hat. Man sieht all die Geschichten in seinen Augen, die er erlebt hat.

„Du kennst mich, Karsten, ich rate bestimmt nicht" Plötzlich wird er ganz ernst. „Im November haben wir doch unseren *Jahrestag*. Ich finde den sollten wir groß feiern", es benötigt kein langes Nachdenken meinerseits, sofort stimme ich grölend mit ein und die gute Laune pumpt Adrenalin durch meine Venen.

Der Duft von gebratenem Fleisch gibt uns zu erkennen, dass wir unser Ziel erreicht haben, eine Stufenparty am See mit Grill und riesiger Musikanlage. Viele Gesichter – sowohl bekannte, als auch unbekannt – feiern und genießen ihr Leben, während ich nur nach dieser einen Ausschau halte. Mit einem Glas in der Hand, welches sie zu ihren Lippen führt, steht sie da und ich weiß, dass die kühlen Eiswürfel an ihre Lippen stoßen und die hellblaue Flüssigkeit in ihren Rachen hinab rinnt. Die Haare trägt sie offen, nur eine Strähne verläuft geflochten entlang ihres Kopfes. Die Finger sind in einem kühlen weiß lackiert und sie selbst trägt ein Hemd von mir, welches sie knapp unter der Brust verknotet hat. Ihre Hüften stecken in einer Shorts, die ihre Beine noch länger aussehen lässt, als diese schon sind. Die Füße stecken in ihren Vans. Nachdem ich sie genau gemustert habe, bewege ich mich auf sie zu und dann bemerkt auch sie mich. Ihre graugrünen Augen beginnen zu strahlen und sie stellt ihr Getränk ab, damit sie ihre Arme um meinen Nacken legen kann. Das Letzte, was ich sehe ist ihr hinreißendes Lächeln, dann schließe ich die Augen und genieße den Kuss, den sie mir schenkt. Dieser schmeckt nach Alkohol und kühl, dennoch warm und liebend. „Wo warst du solange?", will sie wissen und grinst bis über beide Ohren. „Spielt das eine Rolle? Jetzt bin ich ja da", raune ich und nippe an ihrem Getränk. „Guten Abend meine Liebe", Karsten verbeugt sich vor ihr und führt ihren Handrücken an seine Lippen. „Habt ihr gut hergefunden?", möchte sie von ihm wissen und die einzige Aufmerksamkeit, die sie mir in diesem Moment schenkt, sind ihre zarten Finger in meiner Hosentasche auf die ich mich konzentriere. Ich bin ein Genießer, einer der jegliche

Aufmerksamkeit von den Menschen benötigt, für die er durch den Tod gehen würde.
Meine rechte Hand bahnt sich den Weg von ihrer Hüfte hinauf zu ihrem Nacken, unter meinen Fingerkuppen spüre ich den zarten Flaum und drücke ihr einen Kuss auf die Wange.
„Simon, ich unterhalte mich doch gerade", lacht sie schüchtern mit vor Scham rot schimmernden Wangen und entzieht ihre Hand meiner Hosentasche. Dann geht sie ein paar Schritte mit Karsten und lässt mich stehen, die Beiden tuscheln etwas entfernt von der Party und ich lasse mir derweil eine Jacky Cola mixen. „Gott, hast du dich verändert", ertönt eine zarte Stimme direkt neben meinem Ohr und schmiegt die Arme von hinten um meine Brust. „Lia", ein unvermeidliches Lächeln stiehlt sich auf meine Lippen. Ich stelle das kühle Glas auf den naheliegenden Tisch und drehe mich um, schließe Lia in die Arme. „Was ist nur aus dir geworden?", will sie interessiert wissen und greift zaghaft nach meinen Händen, streicht mit ihren schmalen Fingern über meine Handrücken. „Ich bin erwachsen geworden und alt", antworte ich schelmisch und entferne eine Hand aus ihrer zärtlichen Berührung um jene an ihre Wange zu legen, wie früher.
„Ich vermisse dich", wispert sie leise und blickt betrübt zu Boden, bevor sie ihren Stolz wiederfindet und ihr Blick in meine Augen wandert. „Was wir hatten, Simon, dass suche ich vergeblich. Ich will dich und unsere Zeit wieder zurück", fleht ihre Stimme mein Herz an. „Hübsch siehst du aus", antworte ich ausweichend, weil ich einen Teil in mir zerbrechen spüre, als sie diese Worte ausspricht.

Als sie darum bittet, dass ich die Zeit zurückdrehe. Ich, derjenige der solange um sie gekämpft hat. Der immer ihre Aufmerksamkeit wollte, aber sie ihm nur den kleinen Finger hingestreckt hat. „Wirklich?", ungläubig blickt sie an sich herunter. Ein knappes weißes Kleid streicht um ihre Knie und an den Füßen trägt sie schwarze Vans. „Fast wie damals", rutscht es mir über die Lippen und ich beiße mir auf die Zunge, bereue, dass ich ehrlich gewesen bin für einen Moment. Ich lebe gefährlich, wenn ich ihr Hoffnungen mache, an denen sie sich festklammert, so wie ich es damals an ihrem kleinen Finger getan habe.

Um sie nicht zu verlieren.

Und um mich nicht aufzugeben.

„Es tut mir leid, Simon. All das was ich dir angetan habe. Aber die zwei Jahre an deiner Seite haben mich zu dem Menschen gemacht, den ich toleriere. Komm wieder zu mir zurück", jener flehende Blick schwimmt in ihren Augen, den ich in den meinen erkannte, wenn ich mich aus Frust abgeschossen hatte und nachts in den Spiegel blickte. Nachdem sie sich mit mir gestritten hatte, wie so oft und der Alkohol mein einziger Begleiter gewesen war.

Ihr Gesicht kommt dem meinen näher und ihr Blick verfängt sich an meinem Mund, dessen Zug weicher geworden ist durch ihre Worte, verletzlicher.

Nach einem Blinzeln, bettet sie ihr Gesicht auf meine Brust und schlingt ihre Arme um meine Körpermitte, atmet ruhig an meinem Brustkorb. Meine Hände finden ihren Rücken und ich verharre dort, schließe die Augen und denke an unsere Zeit zurück.

Ewig habe ich um sie gekämpft und sie doch nie für mich gewinnen können. Sie war die Schöne und ich das Biest – unerreichbar für mich.
Doch ihre Blicke haben mich verzaubert, denn ich habe sie so sehr begehrt und geliebt wie nie jemanden zuvor in meinem Leben. Am Ende hatten sich all die Mühen gelohnt und ich durfte ihre Hand halten, ihre Geschichten hören und sie zu meinem machen. Zwei Jahre teilte ich mehr Liebe aus, als sie mir je gegeben hatte.
Und jetzt ist sie diejenige die mich vermisst.

♦♦♦♦♦♦

22.07.20xx

Schmerzen drücken dumpf gegen meinen Schädel und ich krieche aus dem Bett, kämpfe mich die Treppen nach unten um zwei Uhr nachts und öffne die Haustür. Übelkeit zieht meinen gesamten Magen zusammen und ich versuche gegen jene Ungemütlichkeiten zu atmen. Ein Schwindel jagt mir weiße, grelle Blitze vor die Pupillen und lässt mich taumeln. Das Nächste was ich spüre, sind die pochenden Schmerzen auf meiner linken Körperhälfte und den rauen Holzboden der Terrasse an meiner Wange.

„Simon?", wimmert die Stimme meiner Mutter und zerrt an meinem Arm, Tränen benetzen mein Gesicht, weil sie weint. Mit aller Kraft versuche ich ihr zu antworten, doch mein Körper scheint zu schlafen, während meine Gedanken rasen und brennen hinter

meiner Stirn. „Schatz, wir müssen ins Krankenhaus, er sieht furchtbar schlecht aus", die starke Stimme meines Vaters dringt an mein Gehör und seine kräftigen Arme schieben sich unter meinen schlaffen Körper.
Stechend dringt der Geruch nach Erbrochenem in meine Nase und wühlt den Schwindel wieder auf.

„Guten Tag, Simon", ein netter, junger Arzt streckt mir die Hand zur Begrüßung hin und ich blicke zum Fenster durch die Jalousie. Erkenne meine weinende Mutter die in den Armen meines Vaters liegt, dessen Gesicht selbst weißer zu sein scheint als die Wände des Krankenhauses.

„Wir haben Sie nach ihrem Eintreffen in unserer Klinik genauestens untersucht und haben eine Ursache für jenes gefunden", er reibt sich vor Nervosität seine Hände und setzt sich dann auf den Rand meines Krankenhausbettes.

„Warum weint meine Mutter?", krächze ich schwermütig und deute mit einem Nicken Richtung Fenster, das uns den Blick auf die Flure gewährt.

„Der Grund ist ihre Diagnose welche ich Ihren Eltern zuerst verkündet habe, weil Sie noch nicht ansprechbar gewesen sind", *Diagnose,* hallt es durch meinen leeren Kopf.

„Es tut mir leid Ihnen das in Ihren jungen Jahren sagen zu müssen. Sie sind an einem Gehirntumor erkrankt, welcher mehrere Teile Ihres Hirnes befallen hat und bereits im Endstadium liegt". Da ist nicht mehr als Stille in meinem Kopf, während ich versuche zu begreifen, dass ich krank bin. „Wie lange?", hauche ich und er fährt sich mit den

Händen über das Gesicht. „Wir vermuten vier bis acht Wochen".
Wie soll man sich fühlen nach solch einer Nachricht? Was soll man sagen, wenn man doch nicht mal denken kann? Warum soll ich atmen, wenn ich doch gar nicht mehr lange leben kann?

Doch der wohl schlimmste Moment ereignet sich dann, als meine Mutter den Raum betritt, mit zitternden Fingern und endlosen Tränen in ihrem jungen, wunderschönen Gesicht. Trauer an der ich Schuld bin. Unverständnis und Fassungslosigkeit in den müden Augen meines Vaters, weil er begreift, dass mein Tod auch der unserer Familie sein wird.

„Ich liebe dich so sehr", lässt sie die Worte über ihre bibbernden Lippen fließen und legt ihre Hände auf meine Wangen. „Wir schaffen das mein Sohn. Wir gehen mit dir diesen Weg".

Erschlagen von der Diagnose, verliere ich mich in ihren Worten und Berührungen um zu vergessen, dass ich mein Leben beinahe schon komplett erlebt habe.

Mit einem schweigenden Körper und einem schreienden Gehirn, versuche ich den Ärzten zuzuhören. Sie wollen mir helfen und mich beschützen, vor mir selbst. Ein Hirntumor sei der undankbarste Krebs, weil er die Persönlichkeit angreifen könne, aber sie würden mir beistehen – bis zum Ende. Mein einziger Trost: Dass ich, solange meine Körperlichkeit es zulässt, zu Hause leben darf. Erst wenn der Krebs mir das Lebendig sein nimmt, werde ich ins Krankenhaus müssen – bis zum Ende.

Kapitel 2

23.07.20xx

Krebs. Ein Gedanke an den ich mich erst gewöhnen werden muss. Der Tage nach sich zieht, die mehr Verwirrung in meinem Leben hervorrufen werden würden. Der schlimmste Tag jedoch war derjenige, an dem ich beschlossen hatte, den größten Fehler meines Lebens zu begehen.
Als ich die Ärzte darum bitte, mich solange wie möglich auf freiem Fuß zu lassen, tritt Skepsis auf ihre Gesichter: „Wir wissen nicht, ob das eine gute Idee ist, leider befinden Sie sich im Endstadium und gefährden somit auch ihre Umwelt".
Dadurch, dass ich 18 bin kann ich jedoch selbst die Einverständniserklärung unterzeichnen, während meine Mutter in Tränen erstickt, die sie überschwemmen.
In einem stillen Auto fahren wir nach Hause, rasen die Straße entlang und verlieren kein Wort über die Diagnose, die mein Leben schneller beendet als jeder vermutet hätte. „Es tut mir leid", wispere ich und starre aus dem Fenster, um nicht in die Gesichter meiner Eltern zu sehen, welche zerfressen sind von Sorgen und Vorwürfen. „Halt an!" fordert meine Mutter meinen Vater auf, welcher am nächsten Haltestreifen stoppt und ihr somit die Möglichkeit gibt aus dem Auto zu steigen und die hintere Wagentüre zu öffnen um mich aus dem Chevrolet zu ziehen. „Wir lieben dich, egal was passiert und du trägst an nichts die Schuld. Lass uns alles Erdenkliche

tun, damit du dein Leben genießen kannst", mit jenen gehauchten Worten drückt sie mich an sich, so fest, dass alle meine losen Gedanken sich ordnen und zusammenfügen. Und dennoch sehe ich mich als Schuldigen, weil ich meiner Familie eine Ausnahmesituation zumute, die sie auf eine harte Probe stellt.
Zuhause angekommen bestelle ich Aspyn per Handy zu mir nach Hause, mit Plänen, die richtig klingen in meinem Kopf und die lauter Schreien als mein Herz, welches maßlos überfordert mit jener Situation ist. Eine Stunde später steht sie an meiner Zimmertür, mit Lipgloss auf den lieblichen Lippen und streicht sich die Haare aus dem Gesicht, mit ihren Fingern, an dessen Knöcheln unzählige Ringe glitzern. Die schwarze Bluse besteht durch und durch aus Spitze und lässt ihre gebräunte Haut hindurch schimmern. „Warum hast du dich nicht mehr gemeldet?", will sie vorsichtig wissen und fummelt mit nervösen Fingern an dem Verschluss ihrer ledernen Tasche, welche ich ihr einmal zum Geburtstag geschenkt habe. „Ich habe Zeit gebraucht um mir über einiges klar zu werden", die erste Lüge hinterlässt einen bitteren Geschmack auf meiner Zunge, weil ich mir selbst bewusst bin, dass ich nicht darüber nachgedacht habe. Keines meiner Worte habe ich mir durch den Kopf gehen lassen, sie treten fremd in meinen Gedanken auf und meine Lippen würden gerne wissen, nach was sie schmecken, wenn ich sie befreie. „Das bedeutet?", will sie zögernd wissen und bleibt direkt neben der Tür stehen, was sie nie macht, weil sie sich seit dem ersten Tag in meiner Gegenwart sicher fühlt.

„Vielleicht wirst du meine Worte jetzt noch nicht verstehen, aber wenn die Zeit erst einmal vergangen ist, wirst du diese Entscheidung begreifen", meine Finger fahren über meine Arme, damit ich etwas spüre, obwohl meine Fingerkuppen lieber ihre Haut berühren wollen. Ein Wunsch den ich ihnen ausschlage, weil ich weiß, dass ich in dieser Situation so wenig Schaden wie möglich hinterlassen möchte.
„Simon?", ihre Stimme gräbt sich in mein Gedächtnis und setzt sich dort fest, hallt dort wieder, wie ein endloses Echo, welches ich durch meine Stimme nicht zerstören will, weil es sie vielleicht lebendig und echt erscheinen lässt.
Irgendwann gehe ich auf sie zu und nehme ihre kleinen Finger in die meinen, streiche mit meinen Daumen über ihre Knöchel mit den kühlen, glatten Ringen.
„Erinnerst du doch noch daran, als ich Ringe getragen habe an unserem ersten Date und du gesagt hast, wie schön meine Finger darin aussehen? Von da an habe ich in jedem Augenblick, den ich in meinem Leben verbracht habe, Ringe getragen. Weil ich dann an dich denke und mich schön fühle", alles Worte von ihr mit denen sie versucht etwas zu verzögern, was ihr Glück sein wird, wenn sie später einmal zurücksieht.
Dann ziehe ich Aspyn langsam in die Mitte des Zimmers und lasse mich auf meinem Bett nieder, damit sie meinen Bewegungen Folge leistet.
Nach einem tiefen Atemzug bin ich bereit meine Welt zu zerstören.
„Aspyn, ich muss dir leider sagen, dass ich nicht mehr mit dir zusammen sein möchte", und nach jeder Silbe

erkenne ich mehr und mehr, wie ihre Iris zersplittert, nachdem ihr Gesicht die Worte begriffen und verarbeitet hat. „Es tut mir leid", flüstere ich und küsse den höchsten Punkt ihres Ohres, nachdem sie sich an mich schmiegt und ihr Körper unter meinen Händen zu beben beginnt. „Glaub mir, es wird für dich das Beste sein" *Weil ich nicht mit ansehen kann, wie du daran kaputt gehst, wenn ich langsam in deiner Gegenwart krepiere.*

Du hast nur eine Jugend und die sollst du genießen, mit einem Jungen, der dich bis in alle Ewigkeit lieben und ehren kann. Was wäre ich nur für ein egoistischer Mensch, würde ich dich in meiner Gewalt halten bis der Krebs mich dahingerafft hat.

Wir sitzen in dieser Position bis die Sonne untergeht, ohne uns auch nur einen Zentimeter zu bewegen oder ein weiteres Wort zu wechseln. Aus Angst, ich könnte noch mehr zerbrechen, als ich es bereits getan habe.

„Vergiss mich nicht", haucht sie und greift dankend nach dem Taschentuch, welches ich ihr reiche, damit sie sich die Tränen aus dem Gesicht wischen kann. Dann legt sie ihre Lippen sacht auf die meinen und sieht mir in die Augen, bevor sie mit schweren Schritten zur Tür schreitet und dort kurz verweilt. In jenem Moment lasse ich mein Gesicht in meine Handinnenflächen gleiten und versuche einen gleichmäßigen Atemrhythmus zu finden. Nachdem ich unten die Eingangstüre schließen höre gewähre ich meinen Augen den freien Blick und erkenne etwas auf meinem Nachttisch. In derselben Sekunde ertönt der SMS Ton meines Handys, welches ich kurzerhand hervorkrame und

die Nachricht von Aspyn öffne, welche unter Traumfrau in meinem Mobiltelefon gespeichert ist.
„*Die brauche ich jetzt nicht mehr, pass gut auf sie und auf dich auf xoxo*"
Mit *sie* meint sie die unzähligen Ringe, die sie auf meinem Nachttisch hinterlassen hat, als Zeichen dafür, dass sie meine Entscheidung akzeptiert und nur an mich denken würde, wenn sie sie tragen würde.
„Simon!", ruft meine Mutter und ich folge ihrer Stimme mit einem der Ringe meiner Traumfrau in der Hosentasche. „Aspyn sah traurig aus...", an ihrem unvollendeten Satz erkenne ich klar und deutlich, dass sie Interesse daran hat, was ich zu ihr gesagt habe.
„Um Aspyn meinen Leidensweg zu ersparen habe ich mit ihr Schluss gemacht, ohne ihr von dem Krebs zu berichten. Ich wäre also froh, wenn ihr die Diagnose nicht weitererzählt. Gebt mir die Zeit und den Raum, die ich benötige", erkläre ich und bete um ihr Verständnis.
Meist stimmt sie mir bei solchen Alleingängen nicht zu, aber in jenem Moment muss irgendwas in meinem Blick liegen, was sie davon überzeugt, mir meine Freiheit zu lassen. Sie hinterfragt nicht, warum ich mit Aspyn Schluss gemacht habe oder weswegen ich Karsten noch nicht Bescheid gegeben habe.
Mein Vater stimmt ein paar Gespräche an, welchen ich nicht richtig lausche, weil ich sie nicht hören will.
„Dein Führerschein, Simon, den hätte ich gerne von dir", mit einer fordernden Geste sitzt er mir am Esstisch gegenüber. „Den gebe ich nicht her! Spinnst du? Reicht ja wohl, dass mein Körper beschlossen hat

zu sterben!", brülle ich und springe von meinem Stuhl auf.

„Schatz…", beschwichtigend legt meine Mutter ihre junge Hand auf seinen Unterarm und sieht nach einem langen Blick in seine Augen in die meinen „…wir reden darüber, wenn der Arzt uns dazu verpflichtet und uns bestätigt, dass Simon nicht mehr fahrtauglich ist." Daraufhin gibt sich mein Vater mit einem Murren zufrieden und drückt seine Lippen auf die Stirn meiner Mutter. Sie ist mein Engel, der alles für mich aufgegeben hat und das, was sie davon haben wird, ist ein Sohn, der mit 18 Jahren aus ihrem Leben verschwinden wird. Beinahe so plötzlich wie die Diagnose.

♦♦♦♦♦♦

25.07.20xx

Der schwerste Moment meines Lebens stand ein paar Tage später vor der Tür. Karsten hatte nahezu ununterbrochen bei mir angerufen und eine SMS nach der anderen geschrieben. Mein Finger schwebt über dem Bildschirm, während er mich zum 56ten Mal anruft. Dieses Mal jedoch bringe ich es nicht übers Herz, ihn wegzudrücken und streiche stattdessen über den grünen Pfeil *Annehmen*. „Du kleiner Arsch!" *Nette Begrüßung,* denke ich mir im Stillen und bin einzig und allein froh darüber, seine Stimme zuhören. „Sag mal hast du sie nicht mehr alle?!" keift er in den Hörer und ich entlasse keinen Ton. „Als ob du nicht weißt, warum ICH wütend mit DIR bin!", seine Stimme zerbirst mein Trommelfell und ich öffne erstmals den Mund, schließe ihn jedoch wieder, als ich höre wie er tief Luft holt um erneut eine Schimpftirade über mir einbrechen zu lassen. „Die arme Aspyn sitzt hier jeden Tag und heult sich die Augen aus dem Kopf, weil du Arschloch mit ihr, mir nichts dir nichts, Schluss machst? Und dafür, mein Freundchen, will ich einen triftigen Grund!" Mein Herz zieht sich krampfhaft zusammen als ich den Namen Aspyn höre, der in seinem Satz so weich und verletzlich geklungen hat. „Komm vorbei und ich erkläre es dir", antworte ich mit leicht ausgetrockneten Stimmbändern und ich höre ein tiefes Lachen am anderen Ende, an welchem ich deutlich erkenne, dass Karsten mich in jenem Moment nicht ernst nimmt. Zu gut kenne ich die Facetten seiner Tonlage. „Damit du mich aus deinem Leben schmeißt wie Aspyn?!", plötzlich kocht Wut in mir auf, verbrennt das ganze Leben in mir und ich schreie von diesem Gefühl gepackt in mein Telefon: „Ja, vielleicht stimmt was ganz gehörig nicht mit mir. Aber sag das mal dem Verantwortlichen! Dem Scheiß-Krebs, der sich in meinem Gehirn breit gemacht hat und mich in ein paar Wochen zum Krepieren bringt!", dann lege ich auf und schalte mein Handy aus. Ich kleide mich in ein schwarzweiß kariertes Hemd und ziehe mir eine kurze schwarze Hose an. Zuletzt schlüpfe ich in meine Jordans und schnappe mir die Autoschlüssel meiner Eltern. Wutentbranntes Fahren ist unverantwortlich, dröhnt mir mein Vater in meiner Erinnerung entgegen, doch ich schüttle den Kopf um seine Stimme lautlos zu stellen. Dann trete ich die Kupplung durch, starte die Zündung und düse davon.

Fahre Richtung Norden – ohne Ziel. Nur mit dem Wunsch vor Augen endlich raus aus dieser Situation zu kommen. Nicht aus der Situation mit Aspyn oder mit Karsten – dessen Beziehung werde ich mit meiner Wut über mich selbst zerschlagen haben. Sondern um der Situation Krebs zu entkommen. Menschenunmöglich – sinnlos – zwecklos. Krebs ist eine ausweglose Situation. Beziehungsweise ist der einzige Ausweg der Tod. Um den Wind zu spüren öffne ich die Fenster und strecke meinen linken Arm heraus.

✦✦✦✦✦✦

25.07.20xx

Es sind mehrere Stunden vergangen, seit ich losgefahren bin, meine Wut hat sich zum größten Teil gelegt und ich kehre nach Hause zurück, stelle das Auto ab und lege meinen Kopf auf das mit Leder überzogene Lenkrad. „Simon?!", der empörte Schrei meiner Mutter reißt mich aus meiner Entspannung. „Ist alles in Ordnung, Schatz?", will sie wissen und ich nicke stumm, mittlerweile ist alles in Ordnung. Autofahrten beruhigen mich und lenken mich ab. „Darf ich fragen wo du warst?", ihre junge Hand fächert sich über meinen Unterarm und ich genieße ihre Nähe. Nie war sie wütend, sauer oder enttäuscht von mir gewesen – jene Gefühle hatte nur mein Vater für mich übrig. Ich glaube, er ist bis heute noch sauer, dass ich ihm seine unbeschwerte Jugend genommen habe. Und immer noch enttäuscht von mir, da ich es damals nicht in die Liga geschafft habe. Bestimmt auch wütend, dass ich seinen geliebten Audi zu

Schrott gefahren habe. Meine geliebte Mutter war hingegen glücklich, dass sie mich bekommen hat und stolz, dass ich mich für das damalige Instrument entschieden habe und sie war nur besorgt, als ich den Audi zu Schrott gefahren habe. „Ich wollte einfach ein bisschen raus, weil der Krebs mich irgendwie erdrückt hat… es tut mir leid", füge ich hinzu, als ich meinen Vater am Eingang des Hauses mit verschränkten Armen stehen sehe.
Ihre kühlen Arme schließen sich um meinen Oberkörper und ich steige nach der Umarmung aus. „Karsten ist da", gibt mir mein Vater den Hinweis und klopft mir beim Vorbeigehen auf die Schulter. Doch just in diesem Moment fällt mir auch schon Karstens geknickte Haltung ins Auge. „Na Kumpel", mir gefällt seine Tonlage nicht, sie erinnert mich an damals, als ich nach dem Unfall im Krankenhaus lag. Es klingt nach Mitleid. Reue hätte schöner geklungen. „Schieb dir dein Mitleid sonst wo hin!" mein Vater hindert mich am Gehen. „Du kannst verdammt nochmal nicht jeden für deine Diagnose verantwortlich machen!" Seine Worte brennen sich in meine Gedanken.

◆◆◆◆◆◆

25.07.20xx

Karsten und ich haben uns dazu entschlossen, das notwendige Gespräch außerhalb meiner vier Wände zu klären und entscheiden uns somit, etwas in dem Wald zu spazieren, welcher mein Haus umgibt. „Bitte erkläre mir, warum du mit Aspyn Schluss gemacht hast, sie liebt dich so sehr. Lass ihr die Chance dich solange zu lieben wie irgend möglich", wispert

Karsten und kickt einen kleinen Kieselstein vor sich her, damit er mir nicht in die Augen schauen muss. „Das ist der Punkt, Karsten. Sie liebt mich so sehr, dass die Nachricht meines Todes sie erschlagen würde. Ich kann ihr das nicht antun, ich kann sie nicht ansehen mit ihrem zarten, jungen Gesicht und darin tiefe Narben zeichnen. Ich kann und will ihr nicht den Glauben an die erste große Liebe nehmen, Karsten. Ich will nicht Gott spielen", nach meinen Worten herrscht für eine kurze Zeit Stille, die ich nutze um all meine wirren Gedanken zu ordnen. Karsten verstaut seine Hände in den Hosentaschen und bleibt kurz stehen, dann hebt er seinen Blick vom Boden und sieht mir direkt in die Augen. „Du machst sie mehr kaputt wenn du sie einfach ohne einen Grund aus deinem Leben wirfst. Sie versinkt in ungeklärten Fragen und das hat niemand verdient", seine ehrlichen Worte verletzen etwas in mir, weil sie mir bewusst machen, dass ich einen Fehler nach dem nächsten begehe, wenn ich all meine Geliebten aus meinem Leben stoße, als wäre es schon beendet. „Ich liebe sie so sehr, ich will nicht dahin wo der Krebs mich hinbringen wird", flüstere ich so leise, dass der Wind meine Worte ungehört davonträgt und der Schwung ihnen doch nicht die Schwere nimmt, die meine Rippen inmitten meines Herzens stechen. „Wie lange haben wir noch?", sickert Karstens Frage an mein Ohr, wie Blei beschwert sie meine Zunge und macht das Sprechen unmöglich. Nach ein paar tiefen Atemzügen finde ich die Kraft in meinen Stimmbändern wieder und schließe kurz die Augen, weil ich seinen Blick nach diesem Wissen, dass ich ihm gleich geben werde, nicht sehen möchte. „Die Ärzte haben gemeint vier bis acht Wochen bleiben mir noch", mein Gehörsinn nimmt nichts wahr und irgendwann nach Minuten, die mir wie Stunden erscheinen, öffne ich die fest zusammengekniffenen Augen. „Sag, dass das nicht wahr ist", seine Stimme zerbricht und in seine Augen treten Tränen die mich ertränken. „Ich wünschte es wäre so", schmerzhaft wird mir bewusst, wie grausam die Diagnose klingt, wenn ich sie ausspreche. „Die Ärzte meinen, ich soll positiv bleiben und nicht die Tage zählen", mit leeren Worten versuche ich die Stille zu füllen.

♦♦♦♦♦♦♦

25.07.20xx

Es folgen stille Stunden, nachdem Karsten und ich zurück nach Hause gekehrt sind. Meine Mutter hat ihn gebeten, doch bis zum Abendessen zu bleiben und er sitzt mit uns am Tisch. In einer Atmosphäre, die von Trauer geschwängert bald zu platzen droht. „Es tut mir sehr leid", wispert Karsten und versucht Trost zu spenden an meine Eltern, obwohl er selbst in Trauer versinkt – rettungslos. *Vielleicht ist der Krebs für die Lebenden eine Chance, sich von dem Menschen zu verabschieden, der da vor ihnen sitzt und zeitgleich ein neues Geflecht aus den Verbliebenen zu bilden, damit diese als eine Gemeinschaft fungieren und sich stärken können, wenn der eine Mensch aus dem Leben schwindet. Wenn dies der Sinn von Krebs ist – dann ist das für mich akzeptabel,* denke ich und lächle ein bisschen - das erste Mal nach meiner Diagnose. „Wie schön", wispert meine Mutter und greift nach meinen kalten Fingern. „Dein Lächeln habe ich so vermisst", bei diesen Worten strahlen ihre blauen Augen aus ihrem müden Gesicht hervor. Es scheint als habe ich begriffen, wie ich mit der Diagnose umgehen muss. Als sei es eine Chance, dass ich die letzten Wochen meines Lebens mit leben verbringe und den anderen die Kraft schenke, die ich selbst nicht habe.

Es wird ein schwerer Kampf für mich beginnen, den ich werde bestreiten müssen, mit all dem, was ich habe. Noch scheint es für mich ein Ding der Unmöglichkeit, in einen Kampf zu ziehen, aus dem ich als Verlierer hervorgehen werde. Aber bei der Diagnose geht es einmal nicht um den Tod, sondern um die Erlebnisse dazwischen, um all das, was ich tue, damit die anderen an mich mit einem Lächeln zurückdenken. Bisher habe ich egoistisch gelebt, wenn ich meine Vergangenheit mit dem Auge betrachte, dass ich das Leben für mich lebenswert und ereignisreich gestalten wollte – jetzt muss ich für andere Erinnerungen schaffen, die nie verblassen.

„Sie müssen sich eine Aufgabe suchen, die Sie erfüllt und ablenkt", erinnere ich mich vage an die Worte des Arztes, nachdem meine Mutter die Befürchtung angestellt hatte, wie ich einer Depression entkommen könnte. „Einen neuen Sinn finden", das aufmunternde Lächeln des Arztes ist mir unnatürlich und unpassend vorgekommen in jenem Moment, doch mittlerweile verstehe ich, dass er mir damit zeigen wollte, dass ich noch lebe und mich auch so benehmen sollte.

„Was ist mit Aspyn?" fragt mein Vater und räumt das Besteck zusammen, weil meine Mutter sich an mich klammert als gäbe es keinen Morgen. Dieser Gedanke beseelt mich zutiefst, wenn ich daran denke, dass sie sich nie an mir satt sehen wollte und es jetzt bald machen muss. „Lass das mal meine Sorge sein", gebe ich trocken zurück und spüre den schneller werdenden Rhythmus meines schmerzenden Herzens. „Mit Karsten hast du dich zum Glück wieder versöhnt, dann solltest du das mit Aspyn auch versuchen…meines Empfindens nach", der Klang seiner Worte, klingt herablassend und es macht mich rasend, dass er sich in meine Entscheidungen mit seinem *Empfinden* einmischt. Kurz genieße ich das hitzige Brodeln in meiner Brust, bevor ich mich entschuldige und den Arm meiner Mutter von meiner Schulter entferne, damit ich mich aus der schwierigen Situation befreien kann ohne Worte zu sagen die ich später bereuen werde.

„Dir den Chevrolet unter den Nagel zu reißen kannst du vergessen, mein Junge. Mein Baby fährst du mir nicht zu Schrott, wie damals meinen geliebten Audi", brüllt er mir hinterher, als ich mich zum Gehen bewege. „Schatz, lass gut sein mit der alten Geschichte", versucht meine Mutter ihn zu beschwichtigen und steht von ihrem Stuhl auf, um eine kleine Barriere zwischen mich und meinen Vater zu bringen. Vermutlich versucht sie Schläge zu verhindern, oder vielleicht möchte sie auch Worte vermeiden, die uns verletzen würden. „Das war keine

Absicht!", die kleinen vier Worte, die ich seit dem Vorfall immer wieder ausgesprochen habe, um mich für dafür zu entschuldigen. „Mein Sohn, das sind mittlerweile leere Worte, ohne Bedeutung, weil ich sie zu oft von dir gehört habe. Wer keinen Führerschein hat, fährt kein Auto! Und vor allem fährt man nicht wutentbrannt mit einem teuren Audi davon!" Was mich am meisten an dieser Aussage stört, sind nicht die Worte, sondern die Tonlage. Da bringt die Barriere meiner Mutter nichts. Somit ist alles, was mir übrig bleibt, die Fäuste zu ballen und meinen alten Platz am Tisch einzunehmen, zeitgleich zu vergessen was er mir an den Kopf geworfen hat und eins auf heile Familie machen.

♦♦♦♦♦♦

28.07.20xx

Die Tage vergehen langsam in der Zeit, in welcher Aspyn nicht da ist, weil sie doch sonst die einzige Person ist, mit der ich jeden freien Moment verbringe. Sie macht mich glücklich und lebendig und ohne sie fühle ich mich bereits wie ich mich in einigen Wochen fühlen werde – tot.
Es war ein großer Fehler sie aus meinem Leben zu werfen, als würde sie mir nichts mehr bedeuten. Eingehend betrachte ich die Ringe, die sie mir hinterlassen hat.
Ihre Stimme beginnt mir zu fehlen und es schmerzt mehr, als ihre abhandengekommenen Berührungen. Langsam aber sicher rutscht ihr Name immer weiter in meiner SMS-Liste nach unten – verschwindet.

Genau wie ihre Stimme weg ist. Die Ärzte sagen, dass Depressionen eine natürliche Folge von Krebskranken sei. Also stürze ich mich kopflos in diese und vergesse mich in jenem Empfinden. Es fesselt mich – hält mich umschlungen und gibt mir das ehrliche Gefühl, dass mein Leben sich zum Ende neigt und ich nichts dagegen tun kann – außer in der ersten Reihe dem Chaos zuzusehen, wie es mich dahin siechen lässt. Somit durchdringt mich das Gefühl nicht zu Atem zu kommen und vielleicht jetzt schon mit meinem Leben abzuschließen. Durch meine Hände – auf dem Weg, auf welchem ich von dieser Welt treten will. Ich will nicht wie einer von den mitleiderregenden krebskranken Kindern sein und wie sie das Ende meiner Tage mit Menschen zu verbringen, die mit mir umspringen, als wäre ich zerbrechlicher als Glas. Es ist unaufhaltsam, die Existenz meiner selbst am Leben zu erhalten. Weil die Depression meine Seele erstickt und mich in diesem Falle auch. Leider habe ich – aus freien Stücken – einen Großteil meiner Bezugspersonen aus meinem Leben gestrichen. Aus Angst sie zu verletzen, wenn ich ihnen erklären muss, dass ich sterben werde. Vor allem Aspyn kann ich das nicht antun – sie liebe ich zu sehr. Und ihre Unbeschwertheit, die ich ihr stehlen würde, durch die ernste Lage meiner Krankheit. Es reicht, dass ich dafür verantwortlich bin, dass meine Eltern und Karsten das Desaster meines Endes miterleben müssen. Doch Aspyn liebe ich mehr als jeden anderen auf dieser Welt – ich weiß, dass sie die Einzige für mich ist, aber ich möchte ihr die

Möglichkeit geben, jemand anderen zu finden – jemand, dem sie ihre Liebe schenken kann. Ihre kühlen Lippen überall wo man sie sich vorstellen kann. Ihre warmen Hände, die ein wohliges Kribbeln über die eben berührten Stellen jagen. Ihre Stimme, die genau vorgibt wie das Herz zu schlagen hat. Jedem Menschen auf dieser Welt würde ich eine Liebe wie diese wünschen – die in Lebzeiten endlos ist.
Was wäre ich für ein Egoist, würde ich diesen Engel mit in den Tod reißen. Deswegen habe ich mich dafür entschieden ihre Liebe zu mir verwelken zu lassen.
Habe mich zeitgleich gegen sie und gegen mich entschieden, weil ich nicht dafür verantwortlich sein wollte, wenn sie an mir zerbricht und dennoch bei mir bleibt und sich an den Scherben der Erinnerungen die Haut blutig schneidet. Solch ein Blick, wie meine Mutter ihn getragen hat, als sie von meinem Schicksal erfahren hat, möchte ich nicht in Aspyn's Gesicht wiederfinden.
Vor allem nicht, wenn ich dafür verantwortlich bin und die Schuld an ihrer Traurigkeit trage, an einer Traurigkeit, die sie vorerst behalten wird. Und die ich jedes Mal in ihren schönen Augen wiederfinden werde.
Das sind wohl die Gedanken die mich verrückt machen, die mich so sehr überfordern, dass ich mich mit dem Gedanken anfreunde, das Ende meines Lebens selbst in die Hand zu nehmen. Somit befasse ich mich mit dem Vorhaben des Selbstmordes und denke darüber nach wie einfach es scheint, sich selbst das Leben zu nehmen.

Ich denke lange darüber nach, warum nicht jeder kranke Mensch sich dazu entschließt, dem Schicksal eins auszuwischen und sich selbst die Erlösung schenkt. Ich denke über die vielen Wege nach, die es gibt und schließe schnell die üblichen Dinge wie Pulsader durchschneiden und erhängen aus, weil ich in meinem Unterbewusstsein doch zu sehr an meinem Leben hänge. Also schleiche ich mich nach unten und suche die Schlaftabletten meines Vaters, die er damals gekauft hat, weil er so erschöpft von seiner Arbeit war, aber nie von allein die Ruhe gefunden hat, die er so dringend benötigt hat. Öffne den kleinen Medizinschrank und finde schnell das Medikament, das mich einfach für immer einschlafen lassen soll.

Oben in meinen eigenen vier Wänden trenne ich zehn der Tabletten aus der Packung heraus und hoffe, dass sie reichen. Versuche alle Gedanken an meine geliebte Aspyn zu verdrängen, lege mir die erste auf die Zunge und schlucke sie mit einem Ruck herunter. Warte dann kurz ab und nehme die zweite ein. Währenddessen denke ich an den Tag zurück, an dem mir meine Mutter ihre ganz eigene Liebesgeschichte mit meinem Vater erzählt hat.

Meine Eltern kamen in jungen Jahren zusammen, sie waren 16 Jahre alt und genossen ihre Jugend in vollen Zügen, bis meine Mutter einmal ins Krankenhaus musste und die Ärzte ihr erzählten, dass ihre Gebärmutter nicht funktionsfähig ist und sie nie Kinder gebären können wird. Die Trauer meiner Mutter darüber saß tief und somit setzte sie die Pille ab und benahm sich, als könnte sie keine Kinder kriegen, sie rauchte, sie kiffte, sie trank in hohem Maß alkoholisierte Getränke und sorgte sich um nichts. Bis sie immer mehr zunahm und sie ein Gefühl genoss, dass ihr bis Dato unbekannt vorkam. Mein Vater suchte mit ihr den Arzt auf und dieser teilte ihr mit, dass sie bereits seit 4 Monaten schwanger sei. Jedoch war sie gerade im Begriff ihren Realschulabschluss zu erwerben und konnte ein Kind nicht wirklich gebrauchen, nicht mit gerade einmal 17 Jahren. Die Frauenärztin meinte, dass es ein großes Glück und eigentlich ein Ding der Unmöglichkeit gewesen sei, dass sie schwanger geworden ist. Und dass, wenn sie jetzt abtreiben würde, sie vermutlich nicht mehr so großes Glück haben würde, erneut ein Kind zu bekommen. Somit entschloss sie sich dazu mich zu bekommen und hat bis heute große Angst mich durch einen Unfall zu verlieren, wobei sie vermutlich einen Tumor in meinem Gehirn nie als Bedrohung gesehen hatte. Mein Vater scheint bis heute wütend auf seine gestohlene Jugend zu sein und gibt mir die Schuld an dieser. Wobei es offensichtlich ist, dass meine Geburt ihr Leben in Alkohol und Rausch beendet hat.

Irgendwann vermisse ich den kühlen Windhauch, der sonst über meine Haut streicht und ich werfe mir die dritte Tablette in den Rachen und komme nach einer gefühlten Ewigkeit zum Stehen, dann bewege ich mich leicht taumelnd Richtung Fenster und ziehe mit all meiner Kraft daran, versuche, es zu öffnen. Meine klare Sicht verschwimmt und ich japse nach Luft, doch spüre keinen Windhauch in meiner Lunge. Weiterhin zerre ich erfolglos am Griff meines Fensters, bevor es mir die Füße unter dem Boden wegzieht und ich unsanft auf dem Boden auftreffe. Mein einziger Gedanke ist es, mein Handy hervorzukramen und Aspyn und Karsten zu schreiben wie leid es mir tut. Dass ich Aspyn ohne einen Grund zum Gehen geschickt habe und nichts unternommen habe, um sie im letzten Moment am Gehen zu hindern. Zeitgleich möchte ich mich bei Karsten für all meinen Hass, den ich an ihm ausgelassen habe entschuldigen. Was macht der Krebs nur aus mir?

Schließlich schaffe ich es auf Karstens Kontakt zu klicken und ziehe das Telefon in die Nähe meiner Lippen, nachdem ich meine Hände mit kurzen Wischbewegungen befohlen habe Karsten anzurufen. Bei jedem Tuten schwinden meine Sehfähigkeit und meine Konzentration mehr. „Simon?" seine Stimme löst etwas Beruhigendes in mir aus. „Karsten", meine Zunge ist zu schwer, ich fühle mich exakt gleich wie damals am 05. März und kämpfe um das letzte Wort das ich hervorpressen möchte. „Simon?!" seine Stimme klingt verängstigt. „Entschuldigung", krächze ich hervor und spüre wie all meine Sinne schwinden, wie die Schwärze mich willkommen heißt, mit all ihrer Wucht.

♦♦♦♦♦♦

28.07.20xx

Ein tiefer Atemzug berauscht meine Sinne und lässt mich begreifen, dass ich noch existiere auf dieser Welt, dass mein Selbstmordversuch gescheitert ist und dass ich mich vermutlich besser hätte informieren müssen, damit ich aus dieser Sache nicht

lebendig hervorgehe. „Simon?", Karstens wacklige Stimme erreicht mein Gehör und lässt mich etwas inmitten meines Herzens spüren. Da meine Stimmbänder sich zu rau anfühlen, versuche ich, unbeholfen wie ich in jenem Moment bin, laut einzuatmen, dass er mich hört und weiß, dass er sich keine Sorgen mehr um mich machen muss. „Simon. Du kannst mich hören nicht wahr?", die Freude und Aufregung treiben genügend Adrenalin in meine Venen, dass ich meine Augen langsam öffnen kann und ihn direkt neben mir erblicke.
Mit den Händen vor dem Gesicht, um zu realisieren, dass ich noch weiterhin leben werde.

„Du kannst dir nicht vorstellen wie schnell ich hier gewesen bin, als du mich angerufen hast...", seine Stimme überschlägt sich, weil ich weiß wie schnell sein Herz geschlagen haben muss, weil die Gedanken dass etwas mit mir nicht Ordnung ist, ihn beinahe gelähmt haben. „Wasser?" presse ich mühsam hervor und erinnere mich an die Worte des Arztes. „Gewisse Areale deines Gehirns sind stärker betroffen von deinem Krebs als andere, doch meist ist das Spracharreal stark beeinträchtigt. Das bedeutet, dass die Situationen, in denen dir das Sprechen schwerfällt, sich häufen werden", und daran denke ich zurück, jedes Mal wenn mir die Stimme fehlt um mich daran festzuhalten, dass es *normal* ist wenn mir etwas in der Art widerfährt.

„Ich beeile mich, bleib bloß liegen und beweg dich nicht", befiehlt er mir und springt vom Bett um meinem Wunsch Folge zu leisten. Mit pochendem Herzen ziehe ich mich am Rand meines Bettes in eine sitzende Position. Und was ich sehe jagt mir einen

Schauer über den Rücken, weil ich begreife, dass Karsten mehr gesehen hat, als er je verkraften können wird.

Auf dem Boden meines Zimmers liegen die weißen Schlaftabletten und direkt daneben eine große Lache, die den Raum mit einem beißenden Duft erfüllt. Es stinkt nach Galle und Selbstzweifel. Meine Hose liegt achtlos in der Ecke und mein T-Shirt liegt direkt neben meinem Gesicht, befleckt mit dem, was einmal in meinem Magen war.

Beschämt fahre ich mir durch die Haare, während Karsten wieder zurück in das Chaos kehrt und mir dabei hilft, etwas Wasser zu mir zu nehmen, da ich meine zitternden Hände nicht unter Kontrolle bringen kann.

Dann hilft er mir, ohne einen weiteren Wortwechsel, mich vorerst wieder hinzulegen, während er all die Tabletten in die Schachtel schmeißt und die Kotze vom Boden wischt. Danach nimmt er mein dreckiges T-Shirt und die beschmutze Hose und weicht sie im Waschbecken ein.

Mit all seiner Kraft hilft er mir unter die Dusche und befreit mich von all dem Schamgefühl, lächelnd betrachte ich wie der Selbstzweifel den Abfluss hinunter verschwindet.

„Danke", bringe ich hervor, nachdem ich frisch geduscht in meinem Bett liege und Karsten sich an meinem Kleiderschrank neu einkleidet, da die Dusche ihn nicht verschont hat: „Simon, ich bin dein bester Kumpel ich hole dich aus allem raus und ich stehe dir bei allem bei. Ich bin einfach unendlich froh, dass du mich angerufen hast und dass ich dich so lange kenne, dass ich sofort an deiner Stimme erkenne ob du mich brauchst oder nicht" Fest beiße ich mir auf die Unterlippe, ich kann ihm nicht sagen, dass ich mich wirklich umbringen wollte und das nicht eine Idee meines Krebses gewesen ist. Ich kann ihm nicht sagen, dass ich ihn nur angerufen habe um mich für all meine Sünden zu entschuldigen und nicht, weil ich wollte das er mir hilft. Aber wenn ich alles aus meiner jetzigen Sichtweise betrachte bin ich ebenso glücklich wie er, dass er mich gerettet hat – aus meinem Wahnsinn. „Das ist nicht selbstverständlich. Ich will nur, dass du weißt, dass ich es schätze. Alles", mit einem erleichterten Lächeln setzt er sich zu mir aufs Bett, in einem meiner weißen Shirts und meiner kurzen Jogginghose. „Als ich dich da auf dem Boden gesehen habe, habe ich reagiert ohne mir großartig Gedanken zu machen, was passiert, wenn ich etwas falsch mache. Das Einzige, was mir logisch erschienen ist, ist dich dazu zubringen dich zu übergeben und da ist etwas schief gegangen: der Boden, deine Klamotten und meine Klamotten…aber du sitzt jetzt neben mir und atmest. Mehr kann ich mir grade einfach nicht wünschen" In diesem Moment schicke ich ein stummes Dankgebet an meinen Vater, denn er war es, der mich überredet hat mit Karsten reinen Tisch zu machen und auch er war es damals, der Karsten gezeigt hat, wo unser zweiter Hausschlüssel versteckt ist. „Kann das unter uns bleiben?" frage ich vorsichtig, als er Anstalten macht die Schlaftabletten meines Vaters wieder an ihren alten Platz zu stellen. „Ich lüge deine Eltern ungern an, aber ich denke, dass sie das nicht ertragen könnten und sich vermutlich die Schuld an deinem gescheiterten Versuch geben.

Ich sehe es nämlich gleich wie deine Mutter, es ist wichtig, dass du solange wie irgend möglich unter uns Leben kannst und nicht im Krankenhaus oder wegen dem Suizidversuch vielleicht sogar noch in einer Anstalt", seine Worte beruhigen mich so sehr, dass ich direkt in den Schlaf finde, als er sich aus meinem Zimmer entfernt hat.
Einen Schlaf von dem ich mir innigst erhoffe, dass es nicht der letzte ist, den ich tun werde. Denn durch mein kurzes *Ableben* habe ich erkannt, dass ich noch solange atmen will, wie möglich.

♦♦♦♦♦♦

30.07.20xx

Mit einer neuen Sehnsucht erwache ich und greife mit noch vom Schlaf verquollenen Augen nach meinem Handy, um eine Nachricht von Karsten vorzufinden, in welcher er sich dafür entschuldigt, dass er mich verlassen hat. Ein Grinsen stiehlt sich auf mein Gesicht und ich schwinge mich vorsichtig aus dem Bett, um mir eine Jeans und ein graues Shirt überzustreifen, dann steige ich die Treppen nach unten und schlüpfe in meine Jordans. Mit voller Wucht schlägt das Misstrauen meines Vaters mir gegenüber in den Magen. Weil er den Schlüssel seiner Chevrolet versteckt hat und ich somit mit meinem alten Drahtesel vorlieb nehmen muss. Kurzerhand krame ich ihn aus dem Schuppen hervor und radle meiner Sehnsucht entgegen und ende schließlich mit kurzen Atemzügen beim Frisör. Bei Frauen, sagt man immer, wenn sich etwas in ihrem Leben verändert, dann ändern sie ihre Haare, also warum sollte es bei Männern ausgerechnet anders sein?

„Guten Tag, wie kann ich Ihnen behilflich sein?" fragt mich die nette Stylistin, welche ihre Haare in allen Regenbogenfarben auf dem Kopf trägt. „Guten Tag, ich hätte gerne…", nach meiner Äußerung sieht sie mich erst verwirrt an, bevor sie schließlich nickt und mich bittet Platz zu nehmen.

Nach einer gefühlten Ewigkeit verlangt sie das Geld für ihre Dienstleistung und ich überreiche es ihr, bedanke mich und kehre nach Hause zurück – auf dem Nachhauseweg sammle ich verschiedenste Blicke von den Passanten ein. Verwirrt, Empört und vielleicht auch ein bisschen Neid.

Ohne einen weiteren Gedanken an ihre Blicke zu verschwenden, oder gar etwas in diese hinein zu interpretieren, stelle ich mein Fahrrad wieder zurück in den Schuppen.

Mit langsamen Schritten bewege ich mich auf mein Zuhause zu, mit rasendem Herzen, weil mich die Reaktion meiner Eltern reizt. Schließlich öffne ich die Tür mithilfe des Schlüssels und begegne dem Blick meiner Mutter: „Ist das *in*?" fragt sie vorsichtig und ich nehme sie in den Arm, weil mir in diesem Moment bewusst wird, dass ich eigentlich seit acht Stunden nicht mehr am Leben wäre – hätte mein Vorhaben funktioniert.

◆◆◆◆◆◆

30.07.20xx

Die Reaktion meines Vaters endete in einer Schimpftirade und einem wütenden Abgang, mit dem Schlüssel seinem Wagen in der Hand. Wutentbrannt schreie ich ihm hinterher: „Es ist nicht erlaubt wutentbrannt Auto zu fahren!" daraufhin knalle ich die Tür zu und versuche mich zu beruhigen. Es folgt ein langer, eingehender Blick meinerseits, in welchem ich die Veränderung meiner Haare begutachte und mich in dem grün wohlfühle. Ich fühle mich lebendig, in jenem Atemzug, in dem ich begreife, dass ich mein Leben noch in der Hand halte.

Während ich in meinem Bett liege, mit starrem Blick zur Decke und dröhnender Musik in meinen Ohren, meldet sich mein Handy und teilt mir mit, dass Aspyn in einer Stunde ein Konzert hat. Es dauert fünf Minuten in denen ich schwer überlege, was meine folgenden Schritte sein sollen, ob ich es wage bei ihrem Konzert in der ersten Reihe zu sitzen, wie es sonst immer gewesen ist. Doch dann erinnere ich mich an damals, es mag zwei Jahre her sein, als ich neben Aspyn im Gras lag und wir beide der Sonne beim Wandern zusahen. „Merk dir diesen Tag, Aspyn", kündige ich mein Vorhaben an und sie dreht den Kopf zu mir und zieht die Stirn kraus. „Warum?", ein unwissendes Lächeln erhellt ihr Gesicht und ich schließe meine Augen, führe meine Lippen zu den ihren. Küsse sie zum ersten Mal in meinem Leben und spüre Gefühle, die ich ebenfalls zum ersten Mal in meinem Leben spüre. „Und außerdem, verspreche ich dir hiermit, dass ich bei jedem deiner Konzerte anwesend sein werde, bis zu meinem Tod", und mit großer Sicherheit stehen die Konzerte als Metapher für die Liebe zu ihr. Die einzige Lüge daran ist gewesen, dass ich sie auch über meinen Tod hinaus lieben werde. Jenes Versprechen in der Vergangenheit bringt mich dazu, über meinen eigenen Schatten zu springen und ihr Konzert aufzusuchen.

♦♦♦♦♦♦

30.07.20xx

Für Simon, meinen besten Zuhörer; die Worte, die mein Herz in diesem Moment nahezu explodieren lassen vor Euphorie, weil die Vorfreude sie gleich wieder zu sehen, hinter diesem Vorhang, unvergleichlich mit allem anderen ist. Als das rote Tuch fällt, fällt ihr Blick auf mich und ich versinke darin, sehe alles was ich vermisst habe, erkenne alles was ich brauche um zu überleben. Tief atme ich ein und bemerke, dass sie mein Sauerstoff ist und frage mich zeitgleich, wie ich es auch nur eine Minute ohne sie ausgehalten habe. Im Nachhinein betrachtet ist das noch eines der schönsten Konzerte gewesen, weil der Krebs mir danach einige Fallen gestellt hat.
Ich kann mich kaum auf ihre Kunst der Töne konzentrieren, weil ich so sehnlichst darauf warte ihre Stimme wieder erklingen zu hören.

„Neue Farbe?"
„Ich hatte eine Veränderung wohl nötig. Vielleicht auch nur eine kräftige Haarwäsche um zu erkennen, was ich aufs Spiel gesetzt habe indem ich dich freigegeben habe", es tut gut, dass sie lächelt, weil

ich weiß, dass es meine Worte sind, die es bewirken. Und gibt es etwas Schöneres als sich unlebendig zu fühlen und jemand quicklebendigen mit seinen Worten berühren zu können? Ich denke nicht. „Mich wundert es eher, dass du eines meiner Konzerte gewählt hast um mich wiederzusehen", für andere scheinen die Worte wie ein Vorwurf, doch für mich ist es Melodie. „Ich habe dir damals versprochen, dass ich jedes deiner Konzerte bis zu meinem Tod besuchen werde. Ich bin doch dein bester Zuhörer", und jene Worte scheinen das Eis zwischen uns zu brechen, die Barriere zu durchstoßen, die jeder um sein Herz erbaut hat um nicht verletzt zu werden, durch die urplötzliche und grundlose Distanz. „Es tut mir leid, dass ich dich verletzt habe. Es war ein Fehler und ich habe viel zu lange gebraucht um das einzusehen…", wie früher bringt sie mich durch ihre sanften Lippen zum Schweigen und ich lege meine Hand an ihre Wange um sie nah an mir zu haben, wo ich sie doch so lange ferngehalten habe. Mir wird bewusst dass die grünen Haare nur der Anfang meiner Veränderung gewesen sind, aber zu jenem Zeitpunkt habe ich noch nicht gewusst welche Veränderung noch vor mir liegt.

◆◆◆◆◆◆

30.07.20xx

Die Halle leert sich nach und nach, alles was bleibt sind wir beide in unserer Schuld. „Karsten kam zu mir und hat mir mitgeteilt, was ich dir angetan habe und es tut mir schrecklich leid. Denn eigentlich habe ich mit dir Schluss gemacht um dich nicht zu

zerbrechen", mit schwerem Schritt schreitet sie zu einem der Stühle und lässt sich nieder. Ich tue es ihr gleich, lege dann meine Hände an ihre Knie und beuge mich in ihre Richtung. Betrachte sie eingehend, bevor ich tief in meine Hosentasche greife und all die Ringe hervorhole, die sie damals auf meinem Nachttisch zurückgelassen hat, als Zeichen, dass sie meine Meinung akzeptiert.
Und irgendwie habe ich ihrer Geste geglaubt, habe mich daran geklammert, dass sie sie vollzogen hat, weil sie stark genug gewesen ist, ohne mich zu sein. Dabei habe ich meinem Gewissen nur Lügen aufgetischt um die schlechten Gefühle erklären zu können. Die Einsicht meiner Fehler ist sehr spät erfolgt, aber durch ihren Kuss weiß ich, dass sie mir eine Chance gibt. Mir noch einmal zuhört um unserer Liebe neue Möglichkeiten aufzubereiten.

„Karsten ist einfach derjenige, der dich vielleicht sogar besser kennt als du dich selbst und ich habe einfach jemanden gebraucht, der mir Antworten geben kann auf all die Fragen, die du hinterlassen hast"
Mit meiner linken Hand fahre ich mir durch die geschmeidige, neue Frisur, die meinen Kopf ziert um der Außenwelt zu zeigen, dass das was im Inneren dieses Kopfes geschieht niemand erklären kann.
Denn jene Gedanken sind farbloser als ich sie je empfunden habe.
Dann reiche ich ihr die vielen Ringe und als sie nach einem greift und ihn langsam überstreift, spüre ich das Glück, das als Adrenalin durch meine Venen jagt.
„Du kannst dir nicht vorstellen wie mich dieser Moment berauscht, weil ich dich wieder ansehen und

berühren kann - Worte wechseln kann, die mich beinahe in den Tod getrieben haben", bei meinem letzten Wort betrachtet sie den letzten Ring, den sie noch nicht an ihrem Finger trägt. Sie beäugt denjenigen den ich seit Tagen bei mir trage und dann wandert ihr Blick von der glatten Oberfläche des Ringes hinüber zu der rauen Oberfläche meiner Iris, die sich verändert haben könnte. Denn meine Augen spiegeln das Innere wieder und genau das hat sich in der letzten Woche ohne sie stark gewandelt. Mit dem Bewusstwerden dieser Veränderung drängt sich die Angst in mein Inneres, die Angst, dass ich nicht mehr dem gleiche, in den sie sich einst verliebt hat.

„Die Woche hat mich beinahe verrückt werden lassen, weil ich mich so sehr nach dir gesehnt habe, dass ich mich in mir selbst verloren habe...fast wie damals", und bei dem Wort *damals,* welches sie nur ganz vorsichtig aus ihrem Mund entlässt, wird mir wieder klar, wie ich sie damals gefunden habe und in welchem Zustand sie gewesen ist. Schließlich habe ich es irgendwie geschafft, dass sie etwas in mir gesehen hat, dass sie glücklich macht. Das ist es, was ich immer in meinem Leben erreichen wollte, dass ein Mensch wegen mir das Glück im Leben findet.

„Ich lasse dich nie mehr dahin zurückkehren, keine Sorge", der Zug um ihre Lippen wird weicher und ihre Augen glitzern durch die Tränen, die sich darin gebildet haben. „Ohne dich weiß ich nicht wohin und das ist mir in der letzten Woche schmerzhafter denn je bewusst geworden", wispert sie und erwidert die zarten Berührungen, die ich ihrer Wange schenke. „Darf ich dich küssen?" meine Stimme droht zu ersticken und ich versuche das Schwarz, das vor

meine Augen tritt, wegzublinzeln, weil ich nicht jetzt will, dass etwas zwischen uns steht.
Vor allem nicht der Krebs.

„Immer", ihre Stimme lässt mein Herz einen Schlag aussetzen und ich streiche mit meiner linken Hand die Außenseite ihres Beines entlang, während der Daumen meiner rechten Hand ihre Wange auf und ab streicht.
Wie immer saugen ihre Hände sich an meinem Körper fest und sie schließt in vollem Vertrauen zu mir ihre Augen, ich tue es ihr gleich.
Als ich ihren Atem direkt vor mir spüre und der Rhythmus meines Blutes zu rasen beginnt, öffne ich leicht meine Lippen und genieße wie ein Kuss in den nächsten fließt.

♦♦♦♦♦♦

30.07.20xx

Schließlich haben wir uns dazu entschlossen uns woanders näherzukommen und sie steigt in das Auto ihrer Eltern, welches diese ihr geliehen haben, damit sie schneller vor Ort ist an ihrem Konzert.
Gemeinsam laden wir mein Fahrrad in den Kofferraum und sie fährt uns an einen nahegelegenen Wald, in welchem sie das Auto abstellt und wir ein paar Schritte beginnen zu laufen.
„Du hast vorhin in der Halle gemeint, dass du dich fast wie damals gefühlt hast, als ich weg war…", die plötzliche Stille nach meinen Worten macht mir das Atmen schwer und meine Stimmbänder drohen wieder schlapp zu machen, was auch nur ein Nebeneffekt des Krebses ist. Ein störender Faktor,

der mir noch den letzten Nerv kostet wenn es so weiter geht und meine Stimme mir in wichtigen Momenten abhandenkommt.

„Kannst du dich überhaupt noch an damals erinnern?", nervös drehen die Finger ihrer rechten Hand an den Ringen an ihrer Linken und sie sieht scheu zu mir herüber. „Wie könnte ich nur einen Moment mit dir vergessen?", will ich von ihr wissen und zaubere ihr mit den richtigen Worten im richtigen Augenblick ein Lächeln ins Gesicht.

„Vielleicht wolltest du mein Unglück vergessen", und mit diesem Satz beschreibt sie ihr Vorhaben nach ihrer damaligen Depression. Eine Erkrankung, die sie erlitten hat, nachdem ihr Großvater aus ihrem Leben gegangen ist. Verstorben nach derselben Diagnose wie ich - Krebs. Aber er hatte nicht dieselbe Sorte wie ich gehabt, er hatte sich operieren lassen und von seiner ausweglosen Situation geahnt…leider hatte er Aspyn nicht über seinen stetig verschlechternden Gesundheitszustand informiert. Als er dann – für sie urplötzlich – verstarb, zerbrach ihre Welt in tausend Stücke und in diesem Moment habe ich sie kennengelernt. Verschluckt von einem Schatten, der sie lange nicht freigelassen hat – eine tiefe Depression. Jede freie Minute habe ich bei ihr verbracht um ihr wieder Helligkeit zu schenken und nach vielen Monaten harter Anstrengung meinerseits hat sie schließlich angefangen, mein Licht in sich eindringen zu lassen. „Du bist für das Glühen in meinem Inneren verantwortlich, alleine hätte ich es da nie raus geschafft", wispert sie und ihre Lippen finden die meinen und die Küsse werden heftiger und

besitzergreifender, nie wieder will ich sie woanders wissen als bei mir.
Meine Hände verlieren sich auf ihrer Haut und ihre Fingerkuppen bringen die meine zum Schmelzen.
„Warte", hauche ich außer Atem hervor und sie hält inne, mit rot glühenden Wangen und einem aufreizenden Funkeln in den Augen. „Was ist?", der Unterton dieser Worte klingt ängstlich, als würde sie darum bangen, dass ich sie wieder von mir stoße.
„Ich muss dir doch noch erklären, warum ich so plötzlich mit dir Schluss gemacht habe", die Funken werden von meinen Worten gelöscht und ich lege meine Hände an ihre Wangen, weil ich ihre Wärme spüren muss um mich lebendig zu fühlen.
„Ich bin in eine tiefe Depression gefallen und ich stecke mittendrin in dem Schatten, der mich gefangen hält und höre Stimmen in meinem Kopf, die alle zeitgleich auf mich ein brüllen so fordernd und laut, dass ich sie nicht einfach ignorieren kann". Ich widerstehe dem Drang meine Augen vor der Wahrheit zu verschließen und ihr die Herkunft meiner Depression nicht zu verraten.
„Ich habe so Angst dich mit der Wahrheit zu zerbrechen.", das Blut rauscht mir in den Ohren und ich kann meine eigene Stimme nicht wiederfinden, bin mir nicht mal mehr sicher, ob ich die Worte wirklich ausgesprochen habe. „Lieber eine Wahrheit, Simon, als eine Lüge", beflügelt von ihren Worten blicke ich ihr tief in die Augen und spüre, dass ihre Finger sich in mein T-Shirt gekrallt haben, langsam verschwindet die Röte aus ihrem Gesicht.
„Du hast gesagt, dass du ohne mich nicht weißt wohin. Und meine Wahrheit tut mir selbst noch so

weh, dass ich selbst nicht weiß, wohin mit mir. Deswegen muss ich mich an alles klammern, was bei mir bleibt und ich hoffe, dass du auch dazu gehörst", der nächste Schwall an Worten, meine Offenbarung der Diagnose, liegt schwer wie Blei in meinem Körper.
„Vor deinem Konzert vor ein paar Monaten ist es das erste Mal passiert, dass ich die Kontrolle über mich selbst und vor allem über meine Stimme verloren habe. Daraufhin bin ich zusammengeklappt und erhielt im Krankenhaus die Diagnose, dass ich einen Gehirntumor habe", der erste Schock sitzt tief. „Er ist soweit fortgeschritten, dass ich in vier bis acht Wochen sterben werde. Die Diagnose habe ich vor einer Woche erhalten", die zweite Nachricht ist wie eine Bombe. Alles verbrennt.

◆◆◆◆◆◆

30.07.20xx

Nun liege ich hier, in meinem Bett, mit geöffnetem Fenster und der zurückeroberten Liebe meines Lebens in den Armen. Habe begriffen, dass ich nicht mehr brauche, als diese paar Dinge: Leben, Ruhe und Sie. Wir liegen hier seit vier Stunden und sie schläft erst seit einer halben Stunde, weil sie davor nur weinend und zitternd neben mir lag und der Schlaf sie gemieden hat.
Nach der Offenbarung meiner Diagnose im Wald ist sie unter der grausamen Wahrheit zusammengebrochen und ich lag neben ihr. Habe sie wie selbstverständlich auf meinen Schoß gezogen und lange über ihr Haar gestrichen, immer wieder zu

ihr gesagt, dass ich sie liebe. Es hat lange gedauert, bis sie wieder dafür bereit gewesen ist aufzustehen und ich sie mit dem Auto zu sich nach Hause gefahren habe. Wortlos an ihren Eltern vorbeizugehen war unmöglich, ihr Vater war empört, dass ich am Steuer saß, bis er bemerkt hatte wie Aspyn aussah. Ruhig setzten wir uns an den Tisch und ich hielt Aspyn im Arm, während ich auch ihrer Familie erläuterte, wie kurz mein Leben durch den Gehirntumor ist. Somit konnten sie Aspyn nicht abschlagen, dass sie heute Nacht bei mir übernachten durfte, unter der Bedingung, dass ich sie am nächsten Morgen in die Schule bringen würde.
Den Blick ihrer Eltern werde ich so schnell nicht vergessen können, zu deutlich habe ich die Angst ihrer Mutter in ihren Augen blitzen sehen. Angst, dass sie ihre Tochter wieder an die Depression verlieren würde, weil Menschen, die einmal in einer gelebt haben, immer wieder Rückfälle erleben können.
Während Aspyn ihre Tasche packt und unter die Dusche springt, wende ich mich den Eltern zu.
„Es tut mir leid, dass ich so bald sterben werde. Ich wünsche mir nur, dass sie akzeptieren, dass ich Aspyn sehr brauche in dieser Zeit und das ich sie wie die Jahre zuvor auf Händen tragen werde. Aber bitte lassen sie mich ihr so viele Erinnerungen wie nur möglich schenken", ihre Mutter schließt mich in die Arme und streicht mir über den Rücken. „Du bist ein Teil unserer Familie, Simon. Und wir werden gerne mit unseren Ansprüchen, Aspyn zu sehen zurücktreten. Du weißt selbst wie schwer es ihr gefallen ist, den Tod ihres Großvaters zu verstehen",

es sind Worte die mich glücklich machen in jenem Moment, weil ich bemerke, dass ich – wenn ich schließlich von dieser Welt scheiden werde – doch geliebt worden bin. „Danke für alles", wispere ich den Eltern zu, schließe Aspyn in die Arme und nehme ihr den Rucksack ab, in den sie so gut wie nichts eingepackt hat, was ich bei mir zu Hause bemerke.
„Für was den Rucksack, wenn du doch nichts mitgenommen hast?", lächle ich und sehe, wie sie die Türen meines Kleiderschranks öffnet. „Jede Nacht, die ich hier schlafe, trage ich ein Shirt von dir, meine Klamotten will ich nicht mehr", ihre Worte berühren mich.

Kurz darauf haben wir den Weg ins Bett gefunden und reden über Belangloses, über die Erlebnisse, die sie gemacht hat, während wir getrennt waren.
„Ich kann mir nicht vorstellen, jemand Anderen zu finden", kündigt sie ihre erste Sorge an. „Ich kann mir nicht vorstellen, dieselben Gefühle für jemand Anderen zu haben, als für dich", diese Worte habe ich erwartet und aus jenem Grund habe ich mich von ihr vorerst getrennt, weil ich nicht egoistisch sein wollte. Aber jetzt habe ich begriffen, dass es nicht egoistisch ist, sondern lebensnotwendig für sie.
„Ich bin unglaublich glücklich wieder neben dir zu liegen, in deinen Klamotten, in deinem Bett und von deinem Geruch eingehüllt. Mit dem offenen Fenster", die letzten Worte klingen ironisch. Und während ich sie kitzle, für den Klang der Worte, denke ich darüber nach, dass sie eigentlich Recht hat. Für mich ist es von größter Wichtigkeit, dass ein Fenster in dem Raum geöffnet ist, in dem ich mich befinde. Denn ein

existenzielles Gefühl für mich ist es, den Wind über meine Haut streichen zu spüren – dies sind die Momente, in denen ich mich lebendig fühle.

Ruhig liegt sie neben mir, ihr Brustkorb hebt und senkt sich in einem gleichbleibenden Rhythmus und ich versuche, den meinen ihrem anzupassen, lasse meinen Blick noch einige Minuten auf ihr ruhen, bevor ich mich dazu bewegen kann meine Augen zu schließen, damit ich dem Schlaf begegnen kann. Es dauert zehn tiefe Atemzüge, bis ich mich in der Schmerzlosigkeit des Schlafes befinde und alles um mich herum vergesse, außer das überwältigende Gefühl von Aspyn in meinen Armen.

♦♦♦♦♦♦

31.07.20xx

Tief in meinem Inneren beginnt etwas zu brennen und kämpft sich nach oben. Ohne aufstehen zu können erbreche ich in meinem eigenen Bett und bemerke das unkontrollierbare Zucken in meiner linken Körperhälfte. Aspyn erwacht, vermutlich von dem Gestank und sieht mich an, greift nach meinem Gesicht und spricht mit mir, was ich an ihren sich bewegenden Lippen im Halbdunkeln gerade noch erkennen – eher erahnen – kann. Meine Kopfschmerzen üben einen heftigen Druck auf mein Gehirn aus und meine Sicht verschwimmt. Plötzlich erhebt sie sich und ich will nach ihr Rufen, aber meine Stimme bleibt mir verwehrt.

Mein Vater erscheint in meinem Zimmer und macht das Licht an, zieht mich unter meinem Erbrochenen hervor und hält mich fest in den Armen, während er mit seiner anderen Hand eine Nummer wählt und sich das Telefon ans Ohr hält. Er sieht mir in die Augen und scheint Anweisungen aus dem Hörer zu folgen. Meine Mutter erscheint in meinem verklärten Sichtbild, alle drei begleiten mich ins Bad und ich übergebe mich nochmal. Ruiniere das gesamte Badezimmer und will nur wieder zurück in die schmerzlose Welt des Schlafes. Mit letzter Kraft konzentriere ich mich aufs Atmen und Schlucken, welches hin und wieder von schwallartigem Erbrechen unterbrochen wird.

Männer in weißen und roten Kitteln erreichen mich, bewegen die Lippen und ziehen meinen rechten Arm zu sich, der nicht unter unkontrollierbarem Zittern leidet. Bevor ich im Schwarz versinke, bemerke ich, dass sie mir eine Spritze in die Ellenbogenbeuge einführen und mir etwas injizieren.

♦♦♦♦♦♦

Kapitel 3

01.08.20xx

„Schatz", Aspyn´s Stimme weckt mich und ich lächle ganz vorsichtig, aus Angst, dass etwas zu schmerzen beginnt. „Morgen, mein Sonnenschein", raune ich und öffne langsam meine Augen, sehe, wie sie neben mir liegt und erkenne meine Mutter auf einer Matratze neben uns liegen, direkt daneben sitzt mein Vater schlafend auf meinem Schreibtischstuhl. „Was

ist passiert?" Aspyn streicht mir über meinen Arm und zwingt sich zu lächeln, mir zu liebe. „Du hattest gestern einen sogenannten „Krebs-Anfall" mit typischen Symptomen deines Hirntumors: höllische Kopfschmerzen, schwallartiges Erbrechen, Seh- und Sprachstörungen, Lähmungserscheinungen und unkontrollierbare Zuckungen. Sie haben dir irgendein Medikament gespritzt, das auch in den Chemotabletten ist, die der Arzt dir verschrieben hat", nach ihrer ruhigen Erklärung ziehe ich ihre Stirn an die meine und blicke ihr in die wunderschönen Augen. „Es tut mir leid, dass du das gestern miterleben musstest, ich hoffe das war das erste und letzte Mal". *Leider war es das nicht, es ist nur der Anfang gewesen und nahezu harmlos zu allem Folgenden, was uns passiert ist.*
„Noch eine Frage, mein Liebling. Warum sind meine Eltern hier?" sie drückt mir einen Kuss auf die kühlen und ausgetrockneten Lippen und schlägt die Decke von ihren Beinen. „Die Ärzte und Krankenhelfer meinten, es wäre besser, wenn jede Nacht mindestens einer in deiner Gegenwart bleiben würde, falls solch ein Anfall nochmal passieren würde. Viele Krebskranke ersticken zum Beispiel bei solch einem Vorfall an ihrem eigenen Erbrochenem. Sie hatten solche Sorge um dich und mich, dass sie beide hier bleiben wollten", mit einem breiten Grinsen folge ich ihr die Treppe nach unten und setze mich an den Tisch, nachdem mir wieder kurz schwarz vor Augen wird. „Ich bringe dir ein großes Glas Wasser und das trinkst du komplett aus mit zwei von deinen Chemotabletten. Die Ärzte wollen, dass du die Dosis erhöhst, weil sie den rasch wachsenden,

bösartigen Tumor eindämmen wollen", mit meinen Blicken sauge ich ihre Schönheit in mich auf, während sie auf den Zehenspitzen stehen muss, um ein Glas aus dem Regal fischen zu können. Mit verträumten Gedanken wandert mein Blick auf die Uhr, erschrocken stelle ich fest, dass Aspyn eigentlich in einer halben Stunde in der Schule sein muss. „Schatz, zieh dich um und dann fahr ich dich zur Schule", doch sie schüttelt nur den Kopf, kommt mit dem Glas Wasser und meinen Medikamenten auf mich zu und setzt sich rittlings auf meinen Schoß.

♦♦♦♦♦♦

01.08.20xx

Nachdem ich Aspyn zur Schule gefahren habe und sie mit schnellen Schritten in die Schule rast, fahre ich weiter zu meiner eigenen Schule und beschließe, mich mal wieder dort blicken zu lassen. Heute an dem letzten Schultag bevor uns die Sommerferien erreichen. Nach meiner Diagnose habe ich diesen Weg vermieden, aus Angst, dass ich mich erklären muss, aber mir ist klar geworden, dass ich niemand Auskunft zu geben habe, wenn ich es nicht möchte. „Guten Tag", lächelt mich meine Englischlehrerin an und ich suche mit den Augen nach Karsten, um mich neben ihn zu setzen, die Blicke der anderen lasten schwer auf mir, was vermutlich an meiner Haarfarbe liegen mag.
„Mit Aspyn ist alles wieder in Ordnung",
„Das habe ich mir bei dem Lächeln schon gedacht", gibt mir Karsten flüsternd als Antwort und wirft mir einen verwirrten Blick zu, als er bemerkt, dass der

Rektor unserer Schule uns beehrt. „Dürfte ich kurz mit Ihnen reden", der Rektor steht direkt vor mir, mit verschränkten Armen und einer hochgezogenen Augenbraue, die ich nur wieder senken werde können, wenn ich ein Gespräch mit ihm führe.

◆◆◆◆◆◆

01.08.20xx

In seinem Büro nehme ich auf dem ledernen Stuhl Platz und warte, lehne mich entspannt zurück um meine Anspannung hinter meiner lockeren Haltung zu verbergen. Wissend, dass ich ihm die Wahrheit werde sagen müssen. „Sie haben uns eine lange Zeit nicht mit ihrer Anwesenheit beehrt, sondern mit Abwesenheit geglänzt. Sie werden wohl verstehen, dass ich wissen muss was vorgefallen ist", er sieht mir nicht in die Augen, sondern blättert in tausenden von Unterlagen. Vielleicht fällt es mir deswegen einfacher, die Nachricht weiterzugeben, vielleicht liegt es auch daran, dass ihm mein Tod relativ gleichgültig sein wird.

„Vor einer Woche bekam ich die Diagnose, dass ein bösartiger Tumor in meinem Gehirn sitzt, daraufhin habe ich beschlossen erstmal Auszeit von der Schule zu nehmen. Meine Hoffnung lag darin, dass sie meine Abwesenheit somit nachvollziehen könnten", als meine Worte sein Gehör erreichen lässt er von seiner Beschäftigung ab und sieht mir dann in die Augen, wirft einen kurzen Blick auf meine grünen Haare und räuspert sich.

„Es tut mir leid", antwortet er mit ausgetrocknetem Mund und greift nach seinem Wasserglas und kann den Blick nicht von mir nehmen. „Wenn ich etwas für Sie tun kann, bitte ich Sie mir Bescheid zu geben", seine Worte betrachte ich als eine übliche Abarbeitung einer Checkliste.

„Eigentlich bete ich nur darum, dass sie verstehen können warum ich die letzte Woche nicht großartige Lust hatte mein kurzes Leben mit Schulstunden zu verbringen", mit diesen Worten erhebe ich mich, schüttle seine steife Hand und verlasse den Raum, der mich zu ersticken droht mit seiner einengenden Atmosphäre.

Somit beschließe ich, nicht mehr zurück in die Klasse zu gehen, sondern etwas zu essen zu holen und dann Aspyn von der Schule abzuholen, weil ich erst einmal wieder zu Luft kommen muss. Meine Gedanken überschlagen sich, als ich diese genauer über das Thema Tod kreisen lasse, mein Herz schlägt wie wild und ich sitze im Auto vor Aspyn´s Schule und warte auf sie.

Genau in diesem Moment wird mir bewusst, dass wir unser ganzes Leben nur mit Warten verbringen und nie etwas riskieren, oder sogar uns selbst daran hindern es zu leben.

Doch ich habe keine Zeit mehr zu warten, weil mein bevorstehender Tod bereits mit wenigen Tagen gezählt ist. Somit flattert ein verrückter Gedanke in mein von Krebs besetztes Hirn und setzt sich dort fest.

Zu verrückt, um ihn in die Tat umzusetzen, aber dennoch so wundervoll, dass ich ihn nicht verbannen kann, weil er mich daran erinnert, dass ich beginnen muss zu leben und wie kann man alleine leben?

Man braucht andere Menschen, die länger leben als man selbst, die noch länger als man selbst von Erinnerungen zehren. Das ist doch mein Ziel gewesen, anderen so wundervolle und bunte Erinnerungen zu schenken, dass sie diese nie wieder werden vergessen können. Dass sie nie daran zweifeln werden, dass leben und atmen wundervoller sind als der Tod. Und vielleicht brauche ich andere Menschen, die ich von meiner Theorie überzeugen kann, damit auch ich wieder Fuß in diesem einen Leben fassen kann.

◆◆◆◆◆◆

01.08.20xx

Als Aspyn im Auto sitzt berichte ich ihr, dass wir Karsten abholen und dann einen entspannten Nachmittag zu dritt verbringen werden – eine Lüge, für mich eine Notlüge, die mich belebt.
„Und wohin geht es?", will Karsten wissen, als er seinen Rucksack ins Auto schleudert und sich auf dem Rücksitz anschnallt. „Das ist ein Geheimnis", lächle ich und drücke das Gas durch, spüre das Leben durch meine Adern rasen und das Glück in meinem pulsierenden Herzen.
Nach zwei Stunden Fahrt, steige ich aus dem Auto und tanke den Chevrolet meiner Eltern, den meine Mutter mir gegeben hat, damit ich Aspyn zur Schule bringen kann. Daraufhin gehe ich in den kleinen Tankstellenshop und kaufe eine Packung Zigaretten und etwas Wasser und Riegel für uns. „Simon mir gefällt das hier nicht", stellt Karsten klar und macht Anstalten den Wagen zu verlassen, doch ich

verriegle alle Türen und fahre erneut auf die Schnellstraße ein.

„Kannst du mir vielleicht mal antworten?!", möchte er nun lauter und mit einem klaren Ton der Empörung von mir wissen.

„Mein Ziel ist es, euch Erinnerungen mit mir zu schenken, die ihr nie wieder vergessen werdet. Nach meinem Gespräch mit dem Rektor über meinen Krebs und meine gezählten Lebenstage ist mir klar geworden, dass ich durch all das Chaos in meinem Kopf ganz vergessen habe zu leben und ich glaube, dass ich es euch auch schulde, wieder zum Atmen zu kommen nach der bedrückenden Nachricht meiner Diagnose. Ich habe mir also überlegt, wir reißen einfach aus und…", Karsten unterbricht mich barsch.

„Du missbrauchst uns für deine Zwecke? Simon, du entführst uns grade, so gesehen!" Vielleicht hat er mich nur unterbrochen, weil er das Leuchten in meinen Augen nicht gesehen hat, in meinen Augen, denen ich seit meiner Diagnose keine Aufmerksamkeit beigemessen habe. Aus Angst, darin das Chaos stürmen zu sehen, dass sich in meinem Gehirn unaufhaltsam ausbreitet.

„Und wann kehren wir wieder zurück?" will er wissen, weil er wütend ist, dass ich nicht ehrlich zu ihm gewesen bin. „Ich habe eine Zigarettenschachtel gekauft, mit 19 Stück drin. Wenn die alle weg sind, dann machen wir uns auf den Heimweg", grinse ich und bemerke, wie schlau mein Plan klingt, als ich ihn laut ausspreche. „Keiner von uns raucht!" schreit Karsten vom Rücksitz und ich fahre an den Straßenrand und drücke mit voller Kraft auf die Bremse. „Dann müssen wir wohl damit anfangen",

erläutere ich ihm ruhig und öffne meinen Gurt, damit ich mich ihm zuwenden kann. „Wir rauchen nicht aus Solidarität zu dir, weil der Krebs dich uns nimmt und jetzt sollen wir dabei zusehen, wie du mit dem Gift in den Kippen den Tumor zum Rasen bringst?!"
Seine Worte dröhnen laut in dem Wagen und bringen meine geordneten Gedanken zum Zerbersten, somit springe ich aus dem Wagen mit dem Schlüssel des Chevrolets in der rechten Hand und der Schachtel Kippen mit einem Feuerzeug in der anderen Hand. Ein paar Meter vom Auto entfernt, mit dem Rücken den anderen zu gewandt, zünde ich mir eine Zigarette an und beginne zu rauchen, zum ersten Mal nach vielen Jahren. Lange bleibt es ruhig hinter mir, bis ich höre wie die Tür sich öffnet und Aspyn sich an meine Seite schmiegt.
„Ich verstehe deine Absicht, Schatz. Aber du musst auch Karsten verstehen, er möchte dich, genau wie ich gerne in Sicherheit wissen. Wir haben nur Angst, dass dir etwas passiert. Was ist, wenn du wieder einen Anfall bekommst wie letzte Nacht, dann wissen wir uns einfach nicht zu helfen", wispert sie und ihre Angst ist spürbar, jagt einen kalten Schauer über meinen Körper. Daraufhin ziehe ich mein Hemd aus und lege es ihr um die schmalen Schultern, dann nimmt sie mir die Zigarette aus der Hand und raucht sie mit mir zu Ende.
Die Heimreise ist jetzt nur noch 18 Zigaretten entfernt.

♦♦♦♦♦♦

01.08.20xx

„Wisst ihr, warum ich mir das mit den Zigaretten ausgedacht habe?" sind meine ersten Worte, als ich den Motor starte, woraufhin beide ratlos die Schultern zucken. „Weil ich aufhören möchte in Tagen zu zählen. Es macht mich verrückt, dass ich weiß, dass man mein Leben an Tagen abzählen kann und es graut mich, dass ich es irgendwann an einer Hand werde abzählen können. Deswegen möchte ich gerne in den Zigaretten zählen, und jetzt sind es noch 18 Stück", nach meiner Erklärung herrscht erst Stille, bevor Aspyn zu schluchzen beginnt und ich den Motor wieder abstelle, ohne überhaupt losgefahren zu sein. Dann lege ich meine Hände um ihr Gesicht und wische mit meinen Daumen die Tränen von ihren Wangen. „Wir schaffen das", hauche ich ihr entgegen, drücke meine Lippen an ihre Stirn und schließe die Augen um ihre Berührung zu genießen. Ohne sie wäre ich nie mehr aus dem Haus gekommen und somit hätte der Schatten meiner Depression mich verschlungen.

Aus jener Position werden wir gerissen, als Karsten vom Rücksitz springt, die Beifahrertür öffnet und beschließt, dass eine Gruppenumarmung uns allen gut tun würde.

Da stehen wir nun, drei Jugendliche die sich in den Armen liegen und all ihre Worte, die sie in den falschen Momenten als richtig verkauft haben, verzeihen und vergessen wollen.

Wir beschließen also einen schönen Platz zu finden, an dem wir unsere erste Nacht verbringen können und Karsten erklärt sich bereit dazu, etwas das Steuer zu übernehmen, da die Müdigkeit urplötzlich über mich hereinbricht. Somit lege ich mich auf die

Rücksitze und Aspyn schnallt mich gut fest, dann hält sie meine Hand bis ich eingeschlafen bin, während sie Karsten unterhält mit irgendwelchen Witzen und Erzählungen, damit er nicht einschläft.

♦♦♦♦♦♦

02.08.20xx

Es kommt mir wie eine Ewigkeit vor, als ich aus dem tiefen Schwarz meines Schlafes hervorkrieche und erstmals bekannte Stimmen höre. „Ich möchte ihm das Gefühl geben, dass er weiß, dass wir immer für ihn da sind. Er hat immer noch die schwerste Position in dieser ganzen Situation, denn er muss sich von der Welt verabschieden", höre ich leise Aspyn´s liebliche Stimme und mein Herz setzt einen kurzen Schlag aus. „Ja, aber vergiss nicht, Aspyn. Er verschwindet von dieser Welt, nimmt alles mit was er geschaffen hat. Wir bleiben zurück mit einem geliebten Menschen weniger, da ist keiner mehr, den wir kurz um Mitternacht anrufen können, der uns dann tröstet. Da ist keiner mehr, der dich nachts in den Armen hält und dich morgens wach küsst, Aspyn. Denn diese Person wird einfach verschluckt - vom Tod", von meiner Position aus erkenne ich, dass Karstens Worte sie sehr verletzt haben, denn sie vergräbt ihr Gesicht in ihren kleinen Händen um nichts mehr sehen zu müssen, von dieser Welt, die mich ihr nehmen wird. „Das ist nicht wahr! Er lebt solange, wir ihn lieben", beharrt sie auf ihrer Meinung und ein tiefer Schluchzer lässt ihren zarten Körper erzittern.
„Du hast Recht, Aspyn. Es tut mir Leid", sein Blick schweift zu ihr und er legt seine freie Hand auf ihre

Schulter und streicht darüber. „Bitte weine nicht, sonst bekomme ich Ärger von Simon wenn er aufwacht und sieht, dass ich dich zum Weinen gebracht habe", ihre Antwort ist ein kleines Lachen, weil sie weiß, dass ich Karsten wirklich in seine Schranken weisen würde.

„Wasser", spucke ich das Wort aus, weil meine Stimmbänder sich zu rau anfühlen, als dass ich sie in Bewegung setzen könnte. Aspyn dreht sich zu mir und ein breites Lächeln bringt ihr gesamtes Gesicht zum Strahlen. „Wie schön, Schatz, dass du wach bist", dringen ihre beruhigenden Worte an mein Gehör und sie schnallt sich ab, um dann zu mir nach hinten zu klettern, um mir beim Trinken behilflich zu sein.

„Karsten und ich haben nur zwei Bedingungen für deine *raus-aus-dem-Alltag* Aktion", nach ihrer Einleitung übernimmt Karsten. „Die erste Bedingung ist, dass wir uns mit dem Fahren abwechseln, keiner sollte mehr als fünf Stunden fahren und nachts suchen wir uns einen schönen Platz, damit wir uns alle erholen können. Die zweite und viel bedeutendere Bedingung ist, dass Aspyn und ich einen Krankenwagen rufen dürfen, wenn dein Leben in Gefahr ist", Aspyn sieht mich eingehend an und wartet gespannt, aber vor allem nervös, auf eine Antwort von mir. Kurz wäge ich die beiden Möglichkeiten meiner Entscheidung ab: gebe ich eine Einverständnis, kann mir mein Krebs jederzeit einen Strich durch die Rechnung machen. Widerspreche ich ihren Bedingungen jedoch, bedeutet es, dass ich keine Chance habe ihnen schöne Erinnerungen zu schenken, also wäre mein schrecklich-schöner Gedanke an das Abhauen von

einer auf die andere Sekunde wie weggeblasen. „Meine Bedingung ist, dass wir alle unsere Handys ausmachen um wirklich nur in dieser Reise zu sein", als Aspyn und Karsten nicken, schalten wir alle unseren Kontakt zur Außenwelt ab.
Dann bestätige ich mit einem Nicken ihre Bedingungen und schicke ein stummes Gebet an mein Gehirn, nämlich, dass der Krebs sich noch etwas Zeit lässt, bis er mich zum Krepieren bringt.

♦♦♦♦♦♦

03.08.20xx

Die Nacht haben wir auf einem riesigen, leer stehenden Parkplatz verbracht, um alle etwas Ruhe zu finden. Aspyn und ich haben zwei Rücksitze umgeklappt, damit wir es uns im Kofferraum gemütlich machen können und Karsten hat den Beifahrersitz nach hinten verstellt und sich somit einen kleinen gemütlichen Schlafplatz eingerichtet. Die hellen Sonnenstrahlen schmerzen auf meinen vom Schlaf verquollenen Lidern und ich schirme mein Gesicht mit meinen Händen ab, drehe mich auf meine rechte Seite um Aspyn wach zu küssen. Jedoch ist sie mir zuvor gekommen, sie liegt dort neben mir und küsst meine Hand, lächelt mich erleichtert an. Froh darüber, dass ich noch atme und lebe. Die Angst und Sorge um mich, entgehen mir nicht in ihrem Blick, weil sie noch nicht begriffen hat, dass es mir besser geht, wenn ich hier bei ihnen bin, als alleine in meinem Zimmer.

„Morgen", wispert sie und setzt sich vorsichtig auf, setzt dann mit ihrer rechten Hand an der linken Seite ihres Halses an und zieht mit einer geschmeidigen Bewegung alle ihre Haare über ihren Nacken hin zur rechten Seite, über ihre Schulter. Mein Herz schlägt schnell und ich kann nicht anders, als sie wieder zu mir zu ziehen, sie unter Küssen und Liebkosungen wieder zu spüren.

„Karsten ist doch auch hier", kichert sie und schiebt meine Hand von ihrem bisherigen Platz, dann zieht sie ihre Klamotten zurecht und just in diesem Moment erwacht Karsten aus seiner Traumwelt.

„Schlafmütze, ich habe einen Plan", grinse ich und drücke Aspyn einen schnellen Kuss auf ihren Nacken.

„Welchen?", räuspert sich Karsten, reibt sich die müden Augen und streckt sich, um dann den Sitz mit einem Ruck wieder richtig zu positionieren.

„Dadurch, dass ich euch ja *entführt* habe…", bei dem Wort *entführt* setze ich Anführungszeichen in die Luft und fahre dann mit meinem Plan fort: „…bin ich es euch ja eigentlich schuldig euch neu auszustatten. Aber einfaches einkaufen gehen, wäre kein erinnerungswürdiges Erlebnis, also klauen wir uns das, was wir brauchen", mein Plan kommt erstaunlich gut an und Aspyn setzt sich sogar ans Steuer.

Mit pochendem Herzen steigen wir aus dem Chevrolet und betreten den Einkaufsladen, versuchen alles, was wir benötigen, in unseren schwitzigen Händen zu stapeln. Unterhalten uns nur notgedrungen und einsilbig, bis Aspyn schließlich vorschlägt, die Verkäufer abzulenken, damit wir unbemerkt den Laden verlassen können. Nur aus

dem Augenwinkel nehme ich war, wie sie die Aufmerksamkeit der Verkäufer auf sich zieht und ihnen hilflos bedeutet, dass sie nicht an ihre gewünschte Lieblingsschokolade kommt. Das Gerangel der mit Testosteron vollgepumpten Jungs erleichtert es uns, all unsere geklaute Beute erfolgreich und unbemerkt im Chevrolet einzulagern.
Ein paar Minuten später steigt Aspyn zu uns in den Wagen und knabbert an der Schokolade die sie, wie sie uns berichtet, sogar geschenkt bekommen hat.
Mit Adrenalin in den blutgefüllten Adern fahren wir ein paar Kilometer weiter, bevor wir aussteigen, uns abklatschen und Karsten die Zigaretten aus der Wagentür holt. Drei Hände greifen nacheinander in die Schachtel und fischen sich je eine heraus, leicht befremdlich fühlen sie sich zwischen unseren Händen an.

„Das war wohl die beste Idee überhaupt", stellt Karsten fest und klopft mir auf die Schulter, als sei er stolz darauf, dass ich ihn dazu getrieben habe eine Straftat zu begehen.

„Wisst ihr was meine beste Idee gewesen ist?" wirft Aspyn fragend in die Runde und zieht tief an der Zigarette in ihrer Hand.

Den Blick den Karsten und ich daraufhin austauschen ist von Unwissenheit geprägt.

„Ein Teil von eurer Freundschaft zu sein", klärt sie uns mit einem strahlenden Lächeln auf. Bei diesen Worten treibt mich mein Herz dazu, sie direkt in die Arme zu schließen und zu küssen, weil ich unglaublich froh bin sie bei mir zu wissen.

Auch Karsten findet sich in unserer Umarmung wieder und wir stehen erneut, uns in den Armen liegend, an einem für uns fremden Ort. Treten, nachdem unsere Zigaretten fertig geraucht sind, auf die Glut und betrachten die Schachtel. Noch 15 Zigaretten entfernen uns von der Heimreise.

✦✦✦✦✦✦

03.08.20xx

In unserer Beute finden sich vor allem Klamotten wieder, die wir bunt zusammen gewürfelt gestohlen haben, weil wir alle großes Interesse daran haben uns zu Duschen und uns dann in neue, frische Kleidung zu werfen.

„Ich habe mal gehört, dass es hier in der Nähe einen kleinen See gibt, vielleicht können wir uns da ein bisschen erfrischen und dann schauen, was uns der Tag noch so bringt", schlägt Karsten vor, nachdem wir gemeinsam unsere Beute durchforstet haben.
„Eine Sache hätte ich mir gewünscht, Jungs", wirft Aspyn ein, nachdem wir uns alle angeschnallt haben und Karsten das Steuer übernimmt, weil er den Weg zu dem kleinen See kennt. „Und was, mein Liebling?" möchte ich wissen und finde ihren Blick mit dem meinen. „Das wir uns vor unserer Klau-Aktion darüber Gedanken gemacht hätten, wer was mitgehen lässt und was wir überhaupt brauchen. Ich meine, welche annehmbare Kombination soll man aus dem Haufen der Klamotten im Kofferraum nur zaubern?!" alle gemeinsam fallen wir in ein lautes Gelächter.
Und genau das ist es gewesen, was ich erreichen wollte, ein Stück Leben finden im Tod und mir fällt es wie Schuppen von den Augen, dass ich dieses Stück

Leben in der Freundschaft zu Karsten und in der Liebe zu Aspyn immer werde finden können.

Ich wünschte, ich könnte jedem klar machen, dass jeder sein Stück Leben findet in dieser Welt und dass man nicht verzagen darf, sondern immer daran glauben muss, dass man überall auf der Welt glücklich sein kann. Denn materielle Dinge werden uns nie so glücklich machen, wie es Menschen tun können – mit ihrer bloßen Anwesenheit.

Ich könnte darüber deprimiert sein, dass es so lange gedauert hat, bis ich die Wahrheit herausgefunden habe, aber meine Tage sind gezählt, also ist es für Reue eindeutig zu spät. „Wir sind da" verkündet Karsten und ich schrecke aus der Schwärze vor, bemerke, dass ich wohl wieder eingeschlafen bin, einfach so. Die Ärzte haben mir gesagt, dass es normal ist, wenn man sich nach viel Schlaf sehnt, denn der Körper ist todkrank und kann Anstrengungen und Adrenalinstöße nur langsam und sehr schwer abbauen.

Aspyn springt mit einem Satz aus dem Auto. Während ich ihrer Bewegung Folge leisten will macht mir jedoch mein Schwindel einen Strich durch die Rechnung. Vorsichtig lasse ich mich in meine vorherige Position zurücksinken und versuche zu Atem zu kommen.

„Schatz, das musst du dir anschauen!" kreischt Aspyn und ihre Stimme überschlägt sich vor lauter Euphorie. Somit beiße ich die Zähne fest zusammen und schiebe meinen schwachen Körper aus dem Chevrolet um mit meinen Augen zu sehen, was sie fasziniert.

Vollkommen unerwartet überkommt mich die Aussicht, die sich uns darbietet, schöner als man es sich je erträumen mag. Für einen kurzen Moment schließe ich meine Augen und atme tief die Luft ein, spüre den Windhauch auf meiner Haut, der mich lebendig macht. Karsten zieht sich kurzerhand sein Shirt über den Kopf und schlüpft aus seiner Hose, den Socken und seinen Schuhen, dann sprintet er zum Wasser und taucht ein in das Blau. „Komm, Schatz", fordert Aspyn mich auf und schält sich aus ihrem Kleid. Ich entkleide mich ebenfalls bis auf meine Boxershorts und nehme sie an der Hand, renne gemeinsam mit ihr zum Wasser. Bevor wir jedoch eintauchen, packe ich Aspyn unter ihren Kniekehlen und an ihrem Rücken um sie auf meinen Armen tragend ins Nass zu begleiten. Mit ihrem Kichern im Ohr, den strampelnden Beinen und ihren Fingern, die sich in meinen Rücken krallen beginne ich den Schwindel zu besiegen, vergesse alle meine Sorgen, weil mein Herz lauter schlägt, als die Gedanken in meinem Kopf schreien können. Wir verbringen Stunden im Wasser und all unsere Last gerät in Vergessenheit.

♦♦♦♦♦♦

04.08.20xx

Nachdem wir uns im Wasser ausgetobt haben, essen wir ein leckeres Abendessen und schließlich legen wir uns schlafen. Jetzt, exakt drei Stunden später, liege ich immer noch wach, während Karsten wieder auf dem Beifahrersitz schläft und Aspyn sich neben mir im Kofferraum zusammengekuschelt hat. Meine

Wenigkeit wird wachgehalten von rasenden Gedanken, welche mich dazu treiben das Auto mit der Zigarettenschachtel zu verlassen. Meine Befürchtung besteht nämlich darin, dass die beiden von meinen immer lauter werdenden Gedanken geweckt werden können, denn sie zwingen mich dazu, dass ich ihnen zuhöre.
Nachdem die Kippe entzündet ist, lasse ich mich vor einem Baum nieder und versinke in meinen Gedanken, die mich direkt zu meinem Unfall mit dem geliebten Audi führen.
Es war ein kühler Tag im Januar, an dem ich wutentbrannt das Haus verlassen habe. Wütend darüber, dass mein Vater mich als einen Verlierer abstempelt.
Vater: „Da gibt es *eine* Chance, die ich dir beschaffen kann und die trittst du mit Füßen!" Ich: „Du hast mich nie gefragt ob ich Hockey spielen will!"
Vater: „Sondern?!"
Ich: „Du bist einfach davon ausgegangen! Was ich will ist dir doch scheißegal"
Vater: „Ich habe dich nicht in die Welt gesetzt, damit du mich beleidigst und mir etwas vorwirfst!"
Ich: „Du hast mich nicht mal gewollt, du hasst mich dafür, dass ich passiert bin!"
Daraufhin spürte ich den heißen Beweis der Wut meines Vaters, als Handabdruck auf meiner Wange. Diese Gewalt seinerseits hat mich überfordert und so habe ich nach seinem Schlüssel gegriffen und bin mit dem Audi davongeflitzt. Mit etwas das er liebt, weil er diese Gefühle mir gegenüber ja wohl nicht besitzt.

In jenem Moment ist es mir egal gewesen, dass ich keinen Führerschein habe und dass die Straßen glatt gewesen sind, für mich hat nur gezählt, mich aus der verletzenden Situation zu befreien.
Doch schließlich ging alles schneller, als das ich es hätte verhindern können.
Der hintere Reifen brach aus und sorgte dafür, dass die ganze hintere Achse außer Kontrolle geriet, der Audi drehte sich zur Seite und wischte in kreisenden Bewegungen über die glatte Straße. Mein Herz war in diesem kurzen Moment genauso unkontrollierbar wie das Auto.
Schließlich krachte die Karosserie seitlich gegen eine riesige Laterne und das nächste was mich überkam war Schmerz. Mit zittrigen Fingern habe ich versucht den Gurt zu öffnen, der mir die Brust zu schnürte - alles vergeblich.
Mein nächster Plan war es, mein Handy aus meiner Hosentasche zu fischen und den Krankenwagen zu rufen, der nach wenigen Minuten eintraf und mich aus dem Wrack des Autos herausschnitt. „Können Sie sich ausweisen?" fragte einer der Erst-Helfer und zog mich gemeinsam mit seinen Kollegen auf ein Transportbett. „Nein", brachte ich mühsam hervor und beobachtete wie sie mir einen Tropf legten aus dem durchsichtige Flüssigkeit in meine Adern gepumpt wurde.
Nachdem ich den Männern meinen Namen, meine Adresse und die Nummern meiner Eltern gesagt habe, ließen sie mich vorerst in Ruhe und teilten mir mit, dass sie mich im Krankenhaus auf Weiteres überprüfen würden.

Meine Eltern trafen nach den Untersuchungen ein, da sie auf ein Taxi warten mussten. Meine Mutter umarmte mich warmherzig wie immer, während mein Vater kalt in der Tür stand und seinen Führerschein in den Händen hielt. „Eigentlich brauche ich den ja nicht mehr, wenn du als 17 Jähriger so gut Auto fahren kannst", gab er ironisch preis und verließ mein Krankenzimmer.

Seitdem habe ich Angst, dass er an meinem Totenbett gleich reagieren wird, dass er mir die Schuld an dem Krebs gibt, genau wie er davon ausgeht, dass ich aus Wut zu ihm den Audi zu Schrott gefahren habe.

Dabei habe ich doch nur Abstand von seiner Wut und seiner Gewalt gebraucht. Traurig blicke ich zu dem, im Mondlicht schwarz schimmernden, Auto. Vermutlich sitzt er kopfschüttelnd Zuhause und denkt, dass ich nichts aus dem Unfall damals gelernt habe und wieder sein Auto zerstöre um ihm etwas heimzuzahlen.

◆◆◆◆◆◆

04.08.20xx

Die Gefühle der einen Erinnerung treiben mich ohne Halt in die nächste und ich ziehe eine neue Zigarette aus der Schachtel, um sie zwischen meine Lippen zu führen und zu entzünden. Genieße wie ich mich an etwas klammern kann, nachdem nicht mal meine Gedanken mir gehören, was ich daran merke, dass ich sie nicht steuern oder anhalten kann. Vielleicht ist es auch die Einsamkeit der Nacht, die mich verletzt und mich dazu treibt mir über alles den Kopf zu zerbrechen – solange ich noch die Chance dazu habe.

„Lass mich nicht gehen, Simon. Nicht jetzt", flehte Lia, meine Ex-Freundin, und zu der damaligen Zeit noch meine große Liebe, mich an. Weil sie endlich begriff, dass sie mich verloren hatte durch ihre vielen Vertrauensbrüche. Ich wäre sehr daran interessiert, wie sie auf meine Diagnose reagieren würde, vor allem weil ich sie zuletzt nach unserem merkwürdigen Treffen kurz vor meiner Erkenntnis über den Krebs gesehen habe.

„Du hast mir so fürchterlich wehgetan ...so oft, dass ich nicht mal mehr weiß, ob du mein zersplittertes Herz mit Worten überhaupt noch flicken kannst", nur schwer konnte ich damals die Tränen zurück halten und bin kurz davor gewesen wieder einzuknicken und wieder in die Beziehung mit ihr zurück zu kehren.

„Ich gehe erst, wenn du mir in die Augen sehen kannst und dabei ehrlich sagst, dass du mich nicht mehr liebst", in meinem Kopf schrien tausende von Stimmen, fast wie seit der Offenbarung meines Krebses. „Das kann ich nicht", gerieten meine Worte ungewollt aus meinem Mund und ich sah deutlich das Lächeln auf ihrem tränenbenetzten Gesicht.

„Würdest du mich aber lieben, Lia, dann hättest du mir das alles nicht angetan!", zum ersten Mal in unserer Beziehung erhob sich meine Stimme und erfüllte den Raum in dem wir uns befanden, ihr Zimmer, in dem wir so viele schöne Dinge erlebt hatten. Die sie alle beendet hatte mit jeder unfairen Aktion mir gegenüber.

„Aber wenn du mir nicht sagen kannst, dass du mich nicht mehr liebst, dann kannst du doch mit mir zusammen bleiben", stellte sie mir ihre klaren Gedankengänge vor, die in diesem Moment wie Salz in der Wunde waren.

„Du hast mich viel zu oft belogen und spätestens seit der Affäre mit diesem Dreckskerl, kann ich dir keines deiner Worte mehr Glauben. Mein Vertrauen zu dir und in dich ist gestorben, jedes Mal ein kleines Stück mehr durch eine deiner Lügen", nachdem meine Sätze meinen Mund verlassen hatten, durch die Luft geschwebt waren und ihr Gehör und Verständnis gefunden hatten, veränderte sich ihr Gesichtsausdruck. Wandelte sich von einem Strahlen hin zu einem weichen Zug der Verletzlichkeit um ihre zarten Lippen.

Im Nachhinein bin ich stark darüber schockiert, dass mir dieser Moment nichts ausgemacht hat, dass es mir beinahe egal gewesen ist, ob sie für immer den Glauben an die große Liebe verliert. Weil ihre Aktionen und ihre Entschuldigungen mich so schrecklich verletzt haben, dass es unbeschreiblich schrecklich gewesen ist, sich auch nur in ihrer Gegenwart zu befinden.

„Was war dein Ziel, als du mich mit dem Anderen betrogen hast?", fordere ich von ihr eine Antwort, die sie mir erst nach einem ewigen Zeitpunkt gibt.

„Mein Ziel ist es gewesen, dich für immer bei mir behalten zu können, aber vielleicht stimmt etwas nicht mit mir, wenn ich zeitgleich das Verlangen nach einem anderen hege. Aber ich liebe nur dich, Simon, keiner gibt mir solche Gefühle wie du", ihre Hände fanden meine, ihre Finger fühlten sich an meinen wie Tränen an, die einfach an meiner rauen Haut abperlten.

„Mit deinen Lügen findest du kein Gehör mehr bei mir, dafür ist es eindeutig zu spät", stellte ich klar und entzog ihr meine Nähe. „Ich brauche Abstand von dir und unserer Beziehung, so viel und so lange es nur möglich ist", ein Zittern jagte durch ihre Hände, welche sie dann überflüssig in ihren Hosentaschen verschwinden ließ, ohne die meinen. „Warum? Bitte tue mir das nicht an", ihr Flehen half mir nur dabei mich von ihr zu lösen. „Weil ich irgendwie versuchen muss, mein Herz wieder einsatzfähig zu machen, nachdem du es regelrecht zerbombt hast!" Mein leerer Blick fällt in die Zigarettenschachtel und ich zähle 10 Zigaretten.

♦♦♦♦♦♦

06.08.20xx

„Jetzt ist das Leben endlich wieder lebenswert. Oder Simon?" fragt Karsten mit einer Hand an meiner Schulter, während wir am Abgrund eines Berges sitzen und der heftige Wind uns die Haare ins Gesicht weht. Mein Lachen und Nicken auf Karstens Frage scheinen Aspyn zu verunsichern und sie tippt mir vorsichtig auf die andere Schulter. Während mein Kopf, in dem sich unbekümmerte Gedanken wiederfinden, sich zu ihrem Angesicht dreht, verwandeln sich diese in Sorge als ich ihre Augen erblicke - in ihnen wüten Stürme. „Nach deinem Versuch ist das doch das Einzige was zählt, nicht wahr Aspyn?", richtet Karsten sich nun ebenfalls an meine große Liebe und bemerkt - genau wie ich - ihren Blick.

„Welcher Versuch?", möchte sie wissen, wobei ich ihre Unsicherheit aus der Frage heraushöre. „Sein Suizidversuch", beantwortet Karsten schulterzuckend und erkennt zeitgleich wie ich, dass der Sturm in ihren Augen sich legt und eine tiefgründige Stille darin wiederzufinden ist.

„Suizid", fließt das Wort sacht und ungläubig über Aspyn´s liebliche Lippen.

„Du hast ihr nichts davon erzählt?" richtet Karsten seine Aufmerksamkeit nun wieder an mich und entfernt seine freundschaftliche Berührung von meiner Schulter. „Soll ich das vielleicht als erstes sagen, wenn ich wieder den Weg zurück zu ihr finde?", fahre ich Karsten auf seine Schroffheit hin an und wende mich dann wieder Aspyn zu, die kaum hörbar flüstert: „Das wäre nett gewesen", die Leere ihres Blickes erinnert mich an mein zerbombtes Herz nach all den Vertrauensbrüchen von Lia. Aspyn nutzt die Starre meines Schwelgens in der Vergangenheit aus und schwingt sich auf ihre Beine, sucht schnellen Schrittes das Weite.

„Bleib stehen, bitte", flehe ich und hechte ihr hinterher, greife nach ihrem Arm und halte ihn umschlossen.

„Ich will das alles nicht, ich will dir nicht wehtun, deswegen habe ich damals mit dir Schluss gemacht. Der Krebs schreit in meinem Kopf und sagt mir, dass ich alles kaputt machen soll, was mich hier an dieser Welt hält. Nachdem du weg gewesen bist ist mir klar geworden, was ich ohne dich alles verloren habe. Deswegen habe ich die starken Schlaftabletten meines Vaters gefunden und mir zwei eingepfiffen. Eine Menge, bei dem einem nichts passiert. Dann habe ich die dritte eingeschmissen, wollte dann das Fenster öffnen und habe schließlich die Kontrolle über meinen Körper verloren. Und während ich da gelegen habe, Aspyn, wollte ich mich für alles entschuldigen habe mich aber nicht getraut bei dir anzurufen und habe somit Karstens Nummer gewählt. Alles was meine Stimmbänder hergegeben haben war ein leises „Entschuldigung". An alles was ich mich dann erinnern kann ist der Moment in dem Karsten neben mir gelegen hat", vor lauter Hast, ihr meine Erklärung darzulegen, hat sich meine Stimme in meinem Wortschwall überschlagen.

„Weiter", wispert sie, wendet sich mir zu und hält meine Hände, weil ich ihren Arm losgelassen habe, nachdem ich begriffen habe, dass sie mir zuhört.

„Karsten hat mich erst dazu gebracht, dass ich die Tabletten erbrechen kann, hat mich dann entkleidet und mich in mein Bett gelegt, mein ganzes Zimmer gewischt und die Tabletten wieder versorgt. Das Wichtigste jedoch, was er für mich getan hat war, dass er es meinen Eltern nicht erzählt hat. Würden die Ärzte im Krankenhaus mitbekommen, dass ich mich an einem Suizid versucht habe, würde ich sofort in die geschlossene Psychiatrie kommen. Bis der Krebs mich schließlich in den Tod zwingt", ohne ein weiteres Wort von ihr schließt sie mich in die Arme und hält mich fest, so fest, dass meine Gedanken wieder Fuß fassen, sich beginnen neu zu strukturieren. Küsse später pfeift Karsten uns zu sich und hält jedem die Schachtel unter die Nase, drei Hände greifen herein und holen sich ihre Portion Gift ab, die sie sich dann zu Gemüte führen. „Darauf erstmal eine Kippe", lacht Karsten und wir stimmen

mit ein in das Gelächter, während erst unsere Blicke sich in der Aussicht verlieren, dann unsere Gedanken und zuletzt unser Herz. „Du hast Recht, Karsten. Dieser Moment macht das Leben lebenswert", höre ich wie meilenweit entfernt meine eigene Stimme.
„Noch sieben Zigaretten haben wir Zeit uns lebendig zu fühlen", antwortet Karsten und schließt die Schachtel.
Es ist wahr, sieben Zigaretten bleiben uns noch, weil Freiheit Lebendigkeit bedeutet.

✦✦✦✦✦✦

06.08.20xx

Es vergehen mehrere Stunden, die wir dort gemeinsam sitzend nebeneinander verbringen, weil dieser Ort uns fesselt und die Atmosphäre unser Herz im Sturm erobert hat. Irgendwann beginnt Aspyn ein paar Mal hinter einander zu Gähnen und bettet ihren Kopf auf meinen Schoß, um etwas Ruhe zu finden.
„Hast du die Zigaretten geraucht?" fragt Karsten mich flüsternd, damit die eben eingeschlafene Aspyn nicht wieder erwacht und sich Sorgen um mich machen muss. Sorgen, die sie nur im Schlaf auf Abstand halten kann, sowie meine Schmerzen, die mich jede Sekunde verfolgen und zu Boden zwingen wollen.
„Ich konnte vorgestern nicht schlafen und habe mich irgendwann nach draußen gesetzt und über einiges nachgedacht", beginne ich mit sorgfältig gewählten Worten meine Erklärung und bin erstaunt als Karsten sich eine Zigarette anzündet, sie mir reicht um daraufhin eine für sich selbst anzuzünden.

„Ich habe darüber nachgedacht wie enttäuscht mein Vater sein wird, wenn wir wieder zurückkehren. Immerhin habe ich wieder sein Auto gestohlen und er denkt doch, dass ich damals nur mit dem Audi davongefahren bin, um ihn zu verletzen", unendlich froh bin ich über das Gift in meiner Hand, dessen Rauch mein Herz auf angenehme Weise betäubt und mich vergessen lässt, wie schmerzvoll die Anschuldigungen meines Vaters gewesen sind.

„Simon, du darfst die Geschichte nicht immer wieder aufwühlen, ich denke dein Vater hatte einfach schreckliche Sorgen um dich. Ihr seid aus demselben Holz geschnitzt, dass musst du doch merken", seine Worte bringen mich ins Grübeln, weil ich nicht nachvollziehen kann, was er von mir möchte, mein fragender Gesichtsausdruck scheint ihn über mein Unverständnis aufzuklären.

„Er liebt deine Mutter so sehr, dass er weiß, wenn dir etwas passiert, dass er sie nie wieder glücklich machen kann. Du bist derselben Meinung, gegenüber Aspyn. Du hast Angst, dass dein Tod sie mitreißt, genau wie dein Vater Angst hegt, dass dein Tod deine Mutter mitreißt", seine Worte hallen in meinem Gedächtnis wieder, stoßen sich von den Wänden in meinem Gehirn ab, treffen auf meinen Krebs und verändern etwas in mir.

„Das ist nicht miteinander zu vergleichen", zische ich, um der Bedeutung meiner Worte mehr Kraft beizumessen. „Mein Vater liebt mich nicht so sehr wie Aspyn es tut. Deine Worte können mich nicht etwas Glauben machen lassen, was nicht der Wahrheit entspricht!" Meine Stimme hebt sich und

weckt Aspyn aus ihrem kurzen Schlaf auf, reißt sie aus ihrer wohlverdienten Ruhe.
„Was willst du mir damit sagen?" will er wissen und verschränkt die Arme vor der Brust, eine Gestik, die aussagt, dass er sein Herz vor mir schützen will.
Weil ich verletze, mit meinen Taten und Worten, seit der Krebs über mein Gehirn Besitz ergriffen hat. „Es tut mir leid", wispere ich, als ich begreife, dass ich einen riesigen Fehler gemacht habe. Es scheint, als würde der Krebs hin und wieder so viel Kraft von mir ergreifen, dass ich gar nicht dazu fähig bin ihn zu besiegen. Als würde er mir befehlen geliebte Menschen zu verletzen.
Persönlichkeitsstörungen oder sogar ganze Wesensveränderungen sind starke Nebenwirkungen des
Krebses. Sie müssen es sich vorstellen, als säße ihr Persönlichkeitssystem im Gehirn und durch den Krebs werden bestimmte Teile zerstört, was bewirkt, dass Sie und ihre Verhaltensweisen sich verändern.
Warnen Sie ihre nahegelegenen Personen davor, damit diese begreifen, dass Sie viele Dinge nicht beabsichtigen.
Die Worte des Arztes erinnern mich daran, dass ich mich verändern werde durch die Krebszellen und daraufhin schließe ich Karsten fest in die Arme und bewirke durch meine wärmende Nähe das Lösen seiner verschränkten Arme.
„Mein Vater hatte Recht als er gesagt hat, dass ich nicht jeden für meine Diagnose verantwortlich machen darf", Tränen kämpfen sich aus meinen Drüsen und ich versuche sie mühsam zurückzuhalten, was mir auch gelingt.

„Das würde ich mir nie verzeihen, wenn ich euch verlieren würde", wispere ich und spüre dann Aspyn´s Arme um meine Taille, wie sie vorsichtig ihren Kopf auf meinen Rücken legt und dann einen Kuss auf meinen Unterarm haucht. „Du wirst uns nicht verlieren, Schatz", nach ihren warmen Worten entfernt sich Karsten von mir und umschlingt mit seinem rechten kleinen Finger meinen linken kleinen, dann begreife ich und umgreife Aspyn´s. Schließlich bilden wir einen kleinen Kreis, in welchem jeder mit dem anderen über die Hände hin verbunden ist.
„Sprecht mir nach: Hiermit gelobe ich", Aspyn und ich widerhole seine Worte. „Das ich es nicht zulassen werde", erneut leisten wir seinem Befehl Folge. „Mich von Simon zu entfernen und ihn zu verlieren", es waren jene Worte, die mich zu Tränen rührten, die ich nicht bekämpfen konnte – es aber auch nicht wollte. Denn es sind Tränen, die es verdient haben gesehen zu werden.

◆◆◆◆◆◆

06.08.20xx

Mit fünf Zigaretten in unserer Schachtel steigen wir ins Auto und Aspyn beschließt, dass sie sich ans Steuer setzt. „Ich kann es kaum glauben, dass wir wirklich einfach abgehauen sind", wirft Karsten ein, während seine Augen strahlen und ein unbezahlbares Lächeln auf sein Gesicht tritt.
Als ich antworten will bemerke ich jedoch, dass meine Zunge zu schwer ist um sie zu bewegen, meine linke Hand erschlafft und ich spüre die deutliche Lähmung auf meiner linken Körperhälfte.

Schwerfällig versuche ich zu Atem zu kommen und nehme deutlich wahr, wie meine Sicht sich immer schwärzer färbt. Im Stillen bete ich, dass der Krebs mich nicht in einen meiner Anfälle treibt, nicht jetzt, wo ich doch noch fünf Zigaretten Zeit habe um zu leben und nicht nur zu existieren.

„Simon?", dringt Karstens panische Stimme an mein Ohr und er schreit Aspyn an, dass sie sofort den Wagen rechts ran fahren soll.

Zeitgleich kramt er sein Handy hervor und schaltet es ein, wählt dann eine Nummer und gibt durch, an welchem Ort wir uns befinden.

Mir wird übel und ich presse meine rechte Hand vor meinen Mund um mich nicht übergeben zu müssen, nur am Rande bemerke, ich wie das Auto hält und Karsten das Handy an Aspyn weiterreicht um mich aus dem Chevrolet zu ziehen.

In der Sekunde in der ich Gras an meinem rechten Bein spüre übergebe ich mich und der stechende Geruch bringt meinen Magen dazu die Prozedur mehrmals zu wiederholen. Aspyn setzt sich hinter mich und nimmt meinen Kopf auf ihren Schoß. Streicht mir mit zitternden und schweißnassen Händen über die Haare. „Alles wird gut, Schatz. Der Krankenwagen ist unterwegs und die helfen dir", ihre Stimme droht zu ersticken an dem Kloß der sich in ihrem Hals bildet.

„Ich…will…nicht", presse ich die Worte durch meine trockenen Lippen, weil ich nicht ins Krankenhaus möchte, weil meine Tage doch gezählt sind, so wenige an der Zahl, dass ich nicht mal mehr Halloween erleben werde. „Das war unsere zweite Bedingung, in die du eingewilligt hast", erinnert mich

Karsten und sucht nach meinem Geldbeutel um den Ärzten meine Krankenversicherungskarte übergeben zu können.

„Schmerz", keuche ich und Aspyn beginnt zu weinen, ihre Tränen benetzen mein Gesicht, erinnern mich daran, was ich ihr durch meinen Krebs zumute.

„Sie nehmen dir alle deine Schmerzen, Schatz", versucht sie mich unter ihrem ununterbrochenen Schluchzen zu beruhigen.

Bevor das mich erlösende Martinshorn erklingt übergebe ich mich nochmal und ertrinke in der Schwärze vor meinen Augenlidern, die den Schwindel ertragbarer macht.

„Guten Tag, wer von Ihnen ist Simon", möchte eine mir fremde Stimme wissen, woraufhin eine Hand meine Schulter berührt und mir jemand mit einem grellen Licht direkt in die Pupillen leuchtet. „Sie sind?", fragt der Arzt und Aspyn erklärt ihm, dass sie meine Freundin ist und Karsten mein bester Freund und das wir hier auf einer letzten Reise sind.

„Wir nehmen den Herrn mit und schauen was wir machen können. Sie kontaktieren bitte seine Eltern. Außerdem bitten wir Sie uns zum Krankenhaus zu folgen. Die junge Dame fährt bitte nicht mehr mit dem Auto, weil sie zu aufgewühlt ist", daraufhin verlässt mich Aspyn´s Wärme und alles was bleibt sind fremde Stimmen in meinem Gehör und eine kalte, harte Matratze unter meinem Rücken. „Falls etwas ist, lösen Sie bitte diesen Knopf aus", erklärt mir die junge Stimme eines Mannes und drückt mir den Schalter – zu meinem Glück – in die rechte Hand die ich noch bewegen kann. Während der Motor startet versuche ich mich an den Gedanken zu klammern, dass Karsten, Aspyn und ich vor wenigen Momenten uns geschworen haben uns nicht zu verlieren.

◆◆◆◆◆◆

08.08.20xx

Mit einem dröhnenden Schädel erwache ich nach meinem Krebs-Anfall und atme tief ein und aus, bevor ich zaghaft meine Augen öffne. Das Krankenhauszimmer, indem ich mich befinde ist leer, draußen auf dem Gang jedoch erkenne ich Karsten, der seinen Kopf zurückgelegt hat und schläft. Aspyn befindet sich an seiner Schulter, ebenfalls mit geschlossenen Augen. In meiner jetzigen Situation bemerke ich die Anstrengung, Müdigkeit und Sorge in ihren Gesichtern, alles tiefe Furchen, die ich durch meine wahnsinnige Idee dort hineingekratzt habe. Nach ein paar Minuten, die ich mit bloßem Beobachten von Aspyn´s wundervollem Gesicht verbracht habe, treten meine Eltern in mein Blickfeld. Meine Mutter legt eine Decke über Karsten und Aspyn und trinkt dann mit meinem Vater einen Kaffee. Der Moment verletzt mich tief in meinem Inneren, weil ich daran denken muss, dass sie in ein paar Wochen alle hier sitzen werden, der einzige Unterschied wird sein, dass ich dann nicht mehr hier bin und es mit eigenen Augen werde sehen können. Langsam bewege ich meine schmerzenden Hände in Richtung meines Gesichtes und fahre mit den Handflächen darüber, denke darüber nach, wie ich das Leben meiner Angehörigen durch mein Ableben zerstören werde.

Mit dem Rücken zu mir gekehrt nehmen meine Eltern auf den Stühlen im Flur Platz und meine Mutter legt ihren Kopf auf die Schulter meines Vaters, so, wie Aspyn´s auf Karstens gebettet ist. In jenem Augenblick bin ich froh darüber, dass mein Vater und Karsten da sind um meine Mutter und Aspyn über die ersten Tage und Wochen nach meinem Tod hinwegzuhelfen.
Ich würde alles dafür geben, wenn ich noch ein paar Jahre länger auf dieser schönen Welt wandern dürfte. Einfach alles.
Nach zwanzig Minuten tritt eine junge Krankenschwester in mein Zimmer, knipst das Licht an und fragt mich nach meinem Befinden. Nachdem ich ihr mit etwas angeschlagener Stimme antworte, dass ich auf dem Weg der Besserung bin und das meine Angehörigen mich sehen können, verlässt sie mit einem Lächeln auf den schmalen Lippen die Tür um diese Nachricht weiterzuleiten.
Als nächstes finde ich mich in der Umarmung meiner Mutter wieder, die mir einen langen Kuss auf die Stirn drückt, während Aspyn ihre zarte Hand um die meine legt.
„Wir haben uns so furchtbare Sorgen gemacht", wispert meine Mutter, während riesige Tränen den Weg aus ihrem Augenwinkel hin zu meiner Haut finden.
„Es tut mir unheimlich leid", bitte ich um Verzeihung, nicht nur bei meinen Eltern, sondern auch bei Karsten und Aspyn, denen ich durch diese *Abhau-Aktion* zu viel zugemutet habe.
„Jetzt bist du ja wieder hier und das ist alles was zählt", strahlt mir meine Mutter ein unbezahlbares

Lächeln entgegen und entfernt sich widerwillig von mir, sodass auch Aspyn mich in eine zittrige, schwache Umarmung schließen kann.

„Es hat sich alles gelohnt, Schatz. Diese Erinnerungen sind unbezahlbar", haucht sie mir in mein linkes Ohr, so leise, dass nur sie und ich es hören können, weil es für die anderen Ohren nicht bestimmt ist.

„Wann können wir ihn mit nach Hause nehmen?", will meine Mutter, freudestrahlend über meine Lebendigkeit, von der jungen Krankenschwester wissen. Diese zwinkert ihr geheimnisvoll zu und passt einen Mann im weißen Kittel auf dem Flur ab.

„Ich bin froh, dich nochmal lebendig zu sehen", entgegnet Karsten mir und drückt mir mit seiner Hand auf die Schulter, bedeutet mir damit wie ernst gemeint seine Worte sind.

„Der Arzt sagt, dass sie bereits nach Hause fahren können und wir ihren Sohn mithilfe eines Krankenwagens nach Hause transportieren. Einer unserer Kollegen fährt nach dem Mittagessen los. Solange geben wir ihm eine schwache Lösung Morphium, damit er etwas abschalten kann", lächelt die Krankenschwester mir zu und kommt ein paar Minuten später um mir das versprochene Morphium zu injizieren. Es dauert keine zwei Sekunden in denen mein Körper in eine erholsame, künstliche Schwärze sinkt.

♦♦♦♦♦♦

10.08.20xx

Als ich wieder zu mir komme, befinde ich mich in meinen eigenen vier Wänden, draußen herrscht tiefe Nacht und neben mir liegt ein mir vertrauter Körper. Aspyn. Mit einem sachten Kuss auf ihren Nacken wecke ich sie behutsam aus ihrer Traumwelt auf.
„Morgen, Schatz", wispere ich, während sie sich zu mir dreht und ihre Hand meine Wange findet. „Fehlt dir was? Tut dir was weh? Soll ich den Krankenwagen rufen?", rattert sie ein paar Fragen runter, während sie das Licht anknipst und die Schatten aus meinem Zimmer verscheucht.
„Nein, danke Schatz. Es ist alles in Ordnung, ich habe bloß deine Stimme vermisst", gestehe ich und spüre zeitgleich die glühende Röte in meinen Wangen aufsteigen.
„Soll ich dir etwas erzählen?", fragt sie leise, während ich nur auf ihre Lippen starren kann.
„Oder soll ich dir lieber den Kopf verdrehen?", ein schelmisches Grinsen findet sich auf den purpurnen Lippen wieder, mein ganzes Testosteron pulsiert in meinem Körper und ich nicke. Ihr zarter Mund begegnet dem meinen, während Küsse ineinander übergehen und mich vervollkommnen.
Ihre Hände finden sich auf meinem Rücken wieder, während meine durch ihr Haar streichen und die Linie ihrer Wirbelsäule von ihrem Nacken bis hinunter zu ihrem Steißbein verfolgen.
„Du bist so wunderschön", hauche ich in ihr kleines Ohr und fühle mich schwerelos, mächtig und unbesiegbar. Als wäre der Tumor in meinem Gehirn verschwunden, als existieren nur noch sie und ich in

diesem Moment auf der Welt. Unsere Liebe im endlosen Universum. Zwei Individuen, die zueinander gefunden haben und nun dem Schicksal trotzen wollen.

Als sie damals sagte, dass sie sich ein Leben ohne mich nicht vorstellen könnte, ist mir klar geworden, dass ich mittlerweile auch nicht mehr ohne sie leben kann.

Dennoch bleibt sie hier auf dieser Welt, hat andere um sich herum, die ihr helfen werden meinen Tod zu verkraften ohne dass sie in ihre frühere Depression fallen wird.

Aber was wird aus mir, ich kenne niemanden, der gestorben ist. Da bin nur ich.

Wo komme ich hin? Wer erwartet mich dort? Was wartet dort auf mich?

Ihre Küsse holen mich wieder aus meinen verworrenen Gedanken, die so dicht sind, dass sie mir alle Luft zum Atmen nehmen. Doch Aspyn ist wie der Freund im Kindergarten, mit dem man gemeinsam jeden Schatten bekämpfen konnte.

„Ich hoffe du weißt, wie wichtig du mir bist", presse ich zwischen zwei Küssen hervor.

Kurz lässt Aspyn von mir ab, streicht mir über die grün gefärbten Haare und sieht mir tief in die blauen Augen, verschwindet regelrecht in ihnen.

„Simon, ich weiß das. Mach dir keine Sorgen, du musst nicht das Gefühl haben, dass ich wie Glas zerbreche. Ich kann damit umgehen, dass ich zwei deiner Krebsanfälle miterleben musste. Ich liebe dich bis in die Unendlichkeit, über den Tod hinaus und das wird sich auch nicht ändern. Karsten und ich haben dir versprochen, dass wir bis zum bitteren Ende bei

dir bleiben und ich halte meine Versprechen. Bis zu deinem letzten Atemzug halte ich deine Hand und meine Gedanken, sowie mein Herz, werden noch ewig an dich denken". Lange lasse ich ihre Worte in meinem Gehirn nachhallen, bevor ich sie fest an mich ziehe und mit Küssen überhäufe.
Ich werde versuchen, sie so lange bei mir zu halten, bis der Moment kommt in welchem ich diese Welt verlassen werde müssen. So lang werde ich sie lieben. So lang, wie irgend möglich.

Nach einer Stunde schläft sie in meinen Armen ein und ich lege meinen anderen Arm um ihre Taille, passe meinen Atem dem ihren an, versinke dann in der Traumwelt. Bete, dass ich diese Nacht nicht wieder einen meiner Anfälle bekomme und Aspyn wieder aus ihrem Schlaf reiße.

◆◆◆◆◆◆

11.08.20xx

Dennoch kann ich es kaum glauben, als das rhythmische Gezwitscher der Vögel mich weckt und nicht einer meiner Krebsanfälle.
„Simon? Wir holen kurz etwas Brot vom Bäcker, damit wir alle gemeinsam Frühstücken können", ruft meine Mutter nach oben, kurz danach fällt die Tür ins Schloss, draußen höre ich wie mein Vater den Chevrolet startet und davonfährt.
„Ich würde mich gerne duschen", sage ich zu Aspyn und steige über sie drüber, damit ich mir ein paar frische Klamotten aus dem Kleiderschrank fischen kann. „Ich komme mit, nicht das dir noch was

passiert", stellt sie klar und steigt mit mir zusammen unter die Dusche.

Frisch geduscht treten wir ins Wohnzimmer, an einen reichlich gedeckten Tisch und führen leichte Gespräche, die genauso gut verdaulich wie das Essen sind. Man könnte meinen, meine Familie will das Thema Krebs unter den Tisch schieben, aber falsch gedacht.

„Nachher bekomme ich übrigens deinen Führerschein", wirft mein Vater in unser belangloses Gespräch über das Wetter ein und wischt sich dann mit einer Serviette über den mit Brotkrümeln verzierten Dreitagebart.

„Warum? Ich kann noch Autofahren!" beharre ich und mache Anstalten auf zu stehen, doch Aspyn hält mich fest.

„Du bist einfach mit meinem Auto abgehauen. Hast deine Freunde entführt. Im Endstadium eines bösartigen Tumors", stellt er mit ruhiger Stimme klar und ich ziehe meinen Geldbeutel aus der Hosentasche, befreie meinen Führerschein aus diesem und reiche ihm meinem Vater. „Es tut mir leid, Papa. Das mit dem Chevrolet und dem Audi damals. Es tut mir leid, dass ich dich enttäusche", versuche ich Worte zu finden, die mich erklären und meine Gefühle, begreife aber, dass Worte das nicht können.

„Du enttäuscht mich nicht, Simon. Deine Mutter und ich haben nur große Sorge um dich, wir versuchen dir jedoch so viel Leben zu schenken wie möglich ist. Aber umso mehr du dich in Gefahr bringst, desto schneller musst du ins Krankenhaus", während seiner

Rede hält er die Hand meiner Mutter und streicht mit dem Daumen darüber.

„Irgendwann, Simon, lassen sie dich nicht mehr gehen", flüstert er seine Vermutung, die mit hoher Wahrscheinlichkeit der Wahrheit entspricht.

„Lass uns heute Picknicken gehen", schlägt Aspyn mir vor und hilft meiner Mutter beim Tisch abräumen und Spülen, während ich versuche den Schwindel zu verhindern, weil ich wenig Interesse an einem weiteren Krankenhausaufenthalt habe.

„Dann musst du aber fahren", grinse ich, werfe einen gespielt bösen Blick zu meinem Vater und stemme mich dann von meinem Stuhl hoch.

Nach einem kurzen Wanken meinerseits fange ich mich am Tisch, blinzle die Schwärze weg und kann nicht anders als Grinsen, als meine Mutter uns einen Korb mit leckerem Obst vollpackt und Aspyn den Schlüssel des Autos gibt.

„Aspyn fährt, nicht du, Schatz", verdeutlicht sie mir.

„Seid vorsichtig und wenn etwas ist ruft ihr sofort den Krankenwagen und den zweiten Anruf, den ihr tätigt, ist der zu uns", stellt meine Mutter die Bedingungen auf und drückt mir den Korb voller Leckereien, plus einer karierte Picknickdecke in die Hand.

Vorsichtig hieve ich mich in die Karosserie, platziere den Korb auf meine Oberschenkel und schnalle mich an. Als Aspyn los gefahren ist lege ich meine linke Hand auf ihr bloßes Knie – hin und wieder greift sie nach meiner Hand und sieht mir dann kurz in die Augen.

Ich denke, wir beide sind froh, dass uns noch etwas Zeit zusammen bleibt. Ein klein bisschen Zeit, die wir im Hier und Jetzt verbringen.

„Übrigens Simon, Karsten und ich haben die letzten Zigaretten geraucht, bevor du nach Hause transportiert wurdest. Somit haben wir alle gemeinsam nicht in Tagen, sondern in Zigaretten gezählt", sie wirft mir ein strahlendes Lächeln zu und ich hauche einen Kuss auf ihre Schulter, ziehe dann mein Handy aus der Hosentasche und bedanke mich per SMS bei Karsten, dass er meine Bedingung mit den Zigaretten eingehalten und erfüllt hat – weil ich es nicht zu Ende bringen konnte.

♦♦♦♦♦♦

11.08.20xx

Am Abend beschließen wir auf eine Party von einem unserer Schulkollegen zu gehen. Aspyn ist nach Hause um sich herzurichten und solange ist Karsten bei mir um etwas Zweisamkeit mit mir zu genießen. „Such mir was von deinen Klamotten raus, damit ich mich wie du fühlen kann", grinst Karsten mich an und schmeißt sich auf mein Bett, um dann seine Arme hinter dem Kopf zu verschränken. „Du kleiner Schnorrer", lache ich, krame nach dem hässlichsten T-Shirt das ich finden kann und reiche es ihm. „Ich habe dich schon durchschaut, aber weißt du was, weil ich dein bester Kumpel bin ziehe ich es an und ich wette hier mit dir, dass ich es schaffen werde damit ein Mädchen aufzureißen", er streckt mir die offene Handfläche hin, damit ich auf seine Wette aufspringe und streift sich dann mein Shirt über. Ich selbst schlüpfe in eine schwarze Hose, ein weißes Shirt mit grauer Schrift und trage dazu simple Flip-Flops, weil es doch relativ warm ist, in dieser Sommernacht.

„Wir gehen auf eine Party und ich werde gut auf Simon aufpassen", verkündet Karsten, während er im Flur seine Schuhe anzieht und schleust mich dann aus unserem Haus.

„Bitte seid vorsichtig!", höre ich die angsterfüllte Stimme meiner Mutter, als Karsten und ich in das Auto von Aspyn´s Eltern steigen. Wie immer sieht sie wunderschön aus.

Ihre Füße stecken in Riemchensandalen und das rote Kleid ist am Saum, an den Trägern und im Dekolleté mit Spitze versehen. „Du bist unglaublich hübsch", flüstere ich ihr kurz zu, bevor meine Lippen die zarte Haut hinter ihrem Ohr streifen.

„Du aber auch", lächelt sie verwegen und streicht sich dann eine Strähne, die sich in ihr Gesicht verirrt hat, hinter ihr Ohr.

Nach einer halben Stunde Fahrt schalten wir die laute Musik im Auto aus, weil die Töne der Party die unsere um viele Dezibel überschallen. Wie ein Gentleman springe ich aus dem Wagen und öffne Aspyn die Türe, genieße den Moment, in dem sie ihre Hand in meiner hinteren Hosentasche verschwinden lässt und ich meinen Arm um ihre Schultern legen kann.

„Willst du bei der Wette miteinsteigen?", will Karsten flüsternd von Aspyn wissen und sie zieht fragend eine Augenbraue hoch, daraufhin erläutert mein bester

Freund ihr die Wette und sie schlägt tatsächlich darauf ein.

„Das schaffst du nie im Leben. Nicht mit Simons hässlichstem T-Shirt", sie betont jede einzelne Silbe, sucht dann mit dem Zeigefinger Karstens Opfer aus und meint zu mir, dass sie kurz etwas zu trinken holen würde für uns beide – dabei hat sie ausdrücklich erwähnt, dass Alkohol heute Abend tabu ist. „Schön dich wiederzusehen", meine Exfreundin Lia gesellt sich zu mir und legt mir von hinten einen Arm auf die Schulter, versucht Blickkontakt mit mir aufzunehmen, doch ich unterbinde jegliche Nähe augenblicklich.

„Ich habe gehört es blitzt im Paradies, Aspyn und du habt euch getrennt?", nach ihrer Aussage streicht sie mit ihrer noch freien Hand über meinen Arm und fährt dann durch mein gefärbtes Haar. „Kein Interesse, wir sind zusammen", stelle ich klar und entferne grob ihre Hände aus meinem Haar und von meiner Schulter.

„Grün steht dir", versucht sie ein anderes Gespräch zu beginnen, welches beinahe noch weniger mein Interesse weckt. „Hat alles seinen Grund", werfe ich die Worte in die Luft und spanne bereits das Seil um meine nächsten Worte auf sie zu schleudern.

„Einen Grund?", ihre Hände sind unruhig, deswegen versucht sie einen neuen Platz für diese zu finden und vergräbt sie dann in ihren Hosentaschen, so wie damals als ich den Schlussstrich gezogen habe.

„Nach unserem letzten Treffen ist einiges schief gelaufen in meinem sonst so unkomplizierten Leben. Ich meine mit einem besten Freund wie Karsten und einer tollen Familie, einem schönen Haus und der schönsten Freundin überhaupt", vor allem die Worte über Aspyn lasse ich mir auf der Zunge zergehen. „Die

Ärzte haben einen bösartigen Gehirntumor in meinem Schädel gefunden der mich in ein paar Wochen zu Tode bringt. Nett, das Gespräch mit dir geführt zu haben", beende ich und lasse sie mit der schmerzenden Wahrheit zurück, damit ich meinen Platz wieder direkt neben Aspyn aufsuchen kann, weil ich mich dort immer noch am Wohlsten fühle.

Diese empfängt mich mit einem geheimnisvollen Grinsen und zeigt dann mit ihrem von Ringen übersäten Zeigefinger auf Karsten, der es wirklich geschafft hat das Mädchen von sich zu überzeugen.

„Ich kann es nicht fassen, Schatz, dass wir die Wette verloren haben", lacht sie und reicht mir ihr Glas, an welchem ich nippe.

♦♦♦♦♦♦

12.08.20xx

„Das haben wir mal wieder gebraucht", Karsten schlendert müde zum Auto, hievt sich auf den Rücksitz und schnallt sich an. Aspyn fährt ihn nach Hause, hält dann vor meiner Haustür und ich öffne die Wagentür.

„Meine Eltern wollen mich mal wieder zu Gesicht kriegen", wispert sie kaum hörbar, löst meinen Gurt und zieht mich dann an dem Kragen meines Shirts zu sich.

„Sei bitte vorsichtig, Schatz", flüstert sie und drückt mich fest an sich, dann hieve ich mich schwerfällig aus dem Wagen. „Ich liebe dich, Aspyn", während dieser vier Worte verschwindet mein Blick in ihren wunderschönen Augen, bis sie meine Worte erwidert. „Ich liebe dich, Simon", hallt ihre Stimme mir nach, bis ich mich mühsam aus meinen Klamotten gepellt und ins Bett verfrachtet habe. Zwischen vielen Gedanken sickert die Schwärze hindurch und sorgt für ein paar erholsame Stunden Schlaf.

Mit rasendem Puls schrecke ich aus meiner Traumwelt hoch, fasse an meine Brust um mein Herz zu beruhigen und wieder einen gemäßigten Atemrhythmus zu erlangen.

Es kommt mir vor wie eine kleine Ewigkeit bevor ich mich wieder entspannen kann und dann mit meiner linken Hand das Licht anknipse, was ich sehe erschreckt mich, sodass ich beginne zu schreien. „Was ist?" die besorgte Stimme meiner Mutter klettert in mein Zimmer, am Türrahmen bleibt sie kurz stehen, bevor sie mich dann fest umarmt.

„Erst der Führerschein und jetzt das!", meine Stimme tut mir weh und das Echo in meinem Kopf schmerzt beinahe noch mehr, es bringt mich fast um den Verstand.

„Es sind nur Haare mein Liebling", flüstert sie, streicht mir gleichmäßig über den Rücken und küsst eine kahle Stelle an meinem Kopf. Lange bleiben wir so sitzen.

Ich fühle mich regelrecht verloren in dieser Situation, ich habe meine Haare grün gefärbt damit die Leute begreifen, wie verrückt mein Gehirn momentan ist, aber bei einer Glatze weiß ich nicht, wie man damit umzugehen hat.

Eigentlich habe ich immer gewusst, dass Krebskranke irgendwann ihre Haare verlieren werden, dann müssen sie diese Krise bewältigen, sie sprechen sich Mut zu und sagen, dass sie dafür wenigstens leben dürfen.

Doch das kann ich nicht behaupten, weil ich verdammt nochmal weiß, dass der Tumor mein Gehirn zerfrisst und die Diagnose ein Hirntod sein wird, ausgelöst von ein paar mutierten Zellen, die sich in mir eingenistet haben.

Meine Mutter streichelt mir ununterbrochen über den Rücken, holt dann den Rasierer, damit mein Kopf nicht wie ein gerupftes Huhn aussieht und stellt mich unter die Dusche während sie mein Bett frisch bezieht, damit keine Haare mehr aufzufinden sind.

„Ruh dich ein bisschen aus, mein Engel", haucht sie in mein Ohr und breitet die Decke über mich aus, streicht mir über die Wange und meint, dass sie mir einen leckeren Eisteller herrichtet mit süßen Früchten, den wir dann gemeinsam vertilgen.

Es wird mich viel Kraft kosten nicht in Depressionen zu verfallen, weil gerade solche lebenseinschneidenden Dinge, die der Krebs eben an sich hat, wie dazu geschaffen sind einem den Boden unter den Füßen wegzureißen.

„Wir werden das gemeinsam durchstehen, Schatz. Verliere nur nicht den Mut", ihre Worte berühren mich tief in meinem Herzen und ich drücke ihr einen kleinen Kuss auf ihre junge Wange.

„Nach wie vor war es die beste Entscheidung meines Lebens, dass ich dich in diese Welt gesetzt habe. Du bist das Licht in meinem Leben, mein Schatz. Der Tod kann uns nicht trennen", kleine Tränen fließen über ihr zartes Gesicht. „Mama, ich warte im Himmel auf dich".

♦♦♦♦♦♦

12.08.20xx

Schwermütig steige ich aus meinem Bett, erneut mit einem Vorhaben in meinem Kopf, das mir eigentlich gar nicht ähnlich sieht. Doch da ich weiß, wie kurz mein Leben noch ist, genieße ich es, von Dingen beseelt zu sein und tue alles Mögliche, um sie in die Realität umzusetzen. So auch mit dieser wahnwitzigen Idee, bei der ich mich in ein lässiges Muskelshirt und eine hellblaue Shorts werfe und über meinen kahlen Kopf eine Wollmütze streife, um meinen Plänen Folge zu leisten.

Froh darüber bin ich, dass meine Eltern außer Haus sind und nicht bemerken, dass ich mit meinem Geldbeutel bewaffnet das Haus verlasse und die Bank aufsuche.

„Guten Tag, wie kann ich Ihnen behilflich sein?", möchte die nette, ordentlich gekleidete Dame hinter der schusssicheren Glasscheibe von mir wissen.

„Ich würde gerne 2000€ von diesem Konto abheben", ohne Wenn und Aber, zahlt sie mir das verlangte Geld aus und lässt mich einen Zettel unterschreiben, sie wünscht mir einen schönen Tag und lässt mich von dannen ziehen. Ein merkwürdiges Gefühl, dass das Vorhaben nicht hinterfragt wird, wie es seit meiner Diagnose der übliche Lauf der Dinge zu sein scheint.

Mit klopfendem Herzen schlendere ich durch die Stadt, bereit Maßnahmen zu ergreifen, die ein tiefer Einschnitt in mein Leben sein werden, in ein Leben, das dem Tode geweiht ist.

Wie von einem durchsichtigen Faden gezogen betrete ich einen Laden der nicht meine Liga ist und streife durch das Sortiment, welches mich reizt eine große Summe meines Geldes auszugeben, nicht für mich, erst die nächsten Schritte sollen mein Leben verändern.

„Soll ich es Ihnen verpacken?" säuselt der Schnösel vor mir und hält in seinen schmuckverzierten Händen das kleine Kästchen, das hoffentlich Glück und Hoffnung verbreiten wird.

„Das wäre sehr nett von Ihnen", näsle ich zurück, ziehe derweil mein Portmonee hervor und suche nach den Scheinen, die ich ihm zum Tausch werde geben müssen.

„Beehren Sie uns bald wieder", trällert er fröhlich, während ich im Begriff bin sein Geschäft zu verlassen. Mein Blick fällt zurück in das Gebäude und mir wird bewusst, dass es kein *bald* geben wird. Seine Worte haben mich zum Nachdenken angeregt, somit hole ich mir an der Eisdiele einen Vanillemilchshake und suche mir einen Platz in dem düster gestalteten Café. Ich schlürfe langsam, aber ununterbrochen an dem Getränk in meiner Hand und sinniere über mein kurzes Leben. Frage mich, ob ich wirklich alles erreicht habe, was ich jemals wollte und komme ziemlich schnell darauf, die Antwort klar und deutlich zu verneinen. Leider habe ich nicht genügend Zeit gehabt zu heiraten, ein Grundstück zu kaufen und ein Haus darauf zu bauen. Werde nie Kinder in die Welt setzen können und sie erziehen, sie dabei beobachten, wie sie größer werden und ihren eigenen Weg ins Leben finden.
Werde nie Blut gespendet haben, weil ich immer dachte mir bleibt dazu noch mein ganzes Leben Zeit, hätte ich doch nur gewusst das mein Leben von so kurzer Dauer ist.

Dann hätte ich alle großen Feste mit Freuden gefeiert, doch seit meiner Diagnose weiß ich, dass es für mich keinen Geburtstag, kein Weihnachten und kein Silvester mehr in diesem Jahr geben wird, nicht mal mehr bis zu Halloween bleibt mir der Atem. Dennoch scheint meine größte Angst darin zu liegen, alles hier auf dieser Welt zurückzulassen, weil ich mich doch nie richtig werde verabschieden können. Denn woher weiß man, dass seine letzte Stunde geschlagen hat?
Werde ich an irgendeinem Ort auf der Welt liegen und meinen letzten Tag genießen? Oder wird der Tod einfach über mich hereinbrechen, wie ein plötzliches Gewitter?
Das sind alles Fragen die mich löchern, mir auf den Magen schlagen und mir die Schwärze vor die Augen treiben, weil ich ganz sicher weiß, dass dies alles Fragen sind, auf die mir niemand auf dieser Welt eine Antwort wird geben können.

♦♦♦♦♦♦

12.08.20xx

Nachdem ich die erste Starre meiner wirren Gedanken erstmal verkraftet habe, beschließe ich etwas Dauerhaftes zu finden.
Mir ist bewusst geworden, dass die Tage immer weniger werden. Das der Stichtag, mein Tod, immer näher rückt, jenes ist unaufhaltsam. Nachdem ich den Milchshake an der Theke bezahlt habe, mache ich mich auf den Weg, meine Zeit ist schließlich

messbar und somit müssen Pläne in die Tat umgesetzt werden, so schnell wie irgend möglich. Die Tür verursacht ein Klingeln, welches mich bei den Insassen des Raumes ankündigt. Sofort umgibt mich eine düstere, sterile Umgebung und ich genieße die Mischung aus Musik und einem starren Summen.

„Hey, mein Name ist Simon und ich suche nach einer dauerhaften Veränderung", der junge Kerl, dem ich mich eben vorgestellt habe, wird von einer jungen Dame leicht weggedrückt, gekonnt schiebt sie ihn hinter sich.

„Angel mein Name. Ich bin genau die Richtige für dich", ihre verruchte Stimme ergänzt ihren rockigen Look. „Zum einen hätte ich gerne ein Nasenpiercing an meinem linken Nasenflügel und zum anderen ein Tattoo", erkläre ich den aufgeweckten, grünen Augen meines Gegenübers.

„Dann beginnen wir mit dem Nasenpiercing. Ich würde dir einen silbernen Ring empfehlen", lächelt sie mich verschmitzt an und meint, dass ich es mir auf einem schwarzen Lederstuhl bequem machen soll. Danach stülpt sie sich schwarze Gummihandschuhe über die voll tätowierten, zarten Finger und setzt die Pistole an meinem Nasenflügel an.

„Es wird kurz weh tun", gesteht sie mir, bevor sie mir das Metallstück durch die Haut jagt. Der Schmerz zeigt sich in einem dumpfen Pulsieren wieder, welches nahezu unaufhörlich in meiner Nase sitzt.

„Atme ein paar Mal tief ein und aus", rät sie mir, schmiert etwas Desinfektionsgel darauf und verschließt den Ring.

„Wollen wir uns mit einem Kaffee an den Tisch setzen damit du mir etwas über dein Tattoo erzählen kannst?", schlägt sie vor, nach meinem Nicken holt sie uns jeweils einen Kaffee und kommt mit zwei weißen Tassen, welche im starkem Kontrast zu der schwarzen Umgebung stehen, zu mir stolziert. Sie schiebt mir mein Getränk nahezu in die Hände, wirft ihre Haare in den Nacken und sieht mir fest in die Augen.

Nachdem ich aus jeder Ecke meines Körpers etwas Mut zusammengekratzt habe, ziehe ich mir die Wollmütze vom Kopf und streiche mit meiner Hand von meinem Handgelenk über die Haut, bis hin zu meinem Ellenbogen.

„Auf dieser Stelle hätte ich gerne am linken und am rechten Unterarm jeweils eine engelsähnliche Schwinge. Den Rest überlasse ich deiner Fantasie", füge ich hinzu und nippe an dem heißen Inhalt meiner Tasse, genieße die Wärme die in meinem Rachen zurückbleibt.

„Dürfte ich meine Fantasie gleich auf deiner Haut aufzeichnen? Oder willst du erst einen Entwurf auf Papier sehen?", einen kurzer Blick in ihre grüne Augen benötige ich, um mich zu versichern und tief im Innern zu hinterfragen was ich will.

„Tu was du nicht lassen kannst", antworte ich mit einem Grinsen, genieße die lockere Atmosphäre in dem Tattoo Studio und lasse mich von ihr auf einen Stuhl ziehen in dessen Nähe verstreute Entwürfe liegen.

Mit neuen schwarzen Gummihandschuhen und einem speziellen Stift bewaffnet, schiebt sie mit ihren Beinen einen Stuhl direkt vor mich und beginnt frei Hand meine Illusion auf meine Haut zu zeichnen.

Vollkommen entspannt und beeindruckt folge ich ihren flinken, präzisen Bewegungen und kann den Blick nicht von ihrer Kunst lassen. Nach einer halben Stunde blickt sie erstmals auf, mit einem Strahlen in den grünen Augen.

„Schau es dir mal an und sag wie du es findest", mit leicht wackligen Beinen bewege ich mich zum Spiegel und drehe meine Arme um jeden Winkel ihrer Zeichnung zu erkennen, mit einem Grinsen kehre ich zufrieden zurück und nicke.

„Wenn du bereit bist legen wir gleich los", ein neues Feuer brennt in ihren Augen, als sie nach der Maschine greift und eine frische Nadel einsetzt, die schwarze Farbe bereit stellt und dann das monotone Summen ertönt.

„Auf was muss ich mich einstellen?" frage ich nervös und versuche einen ihrer lodernden Blicke aufzufangen. „Bei jedem fühlt sich das anders an. Entspann dich einfach", ein vertrauenswürdiges Lächeln ziert ihr gepierctes Gesicht, daraufhin lehne ich mich zurück und dann setzt sie mir die Nadel auf die Haut.

Es dauert zwei Minuten bis ich das Gefühl der Maschine in Worte fassen kann, es erinnert daran, wenn man sich selbst mit einem Skalpell über immer wieder dieselbe Hautstelle kratzt. Es gibt Stellen die mehr schmerzen als andere, aber dennoch ein fast angenehmer Schmerz, wenn man bedenkt, dass man mit diesen Momenten ein Zeichen setzt.

Ein Zeichen in seinem eigenen Leben und im Leben der anderen.

„Mir gefällt das Motiv. Wie kommst du darauf?", will sie wissen und fährt dennoch voller Konzentration ihre gezeichneten Striche mit der Nadel nach.

„Eigentlich bin ich nie der Typ für so etwas gewesen, mein Vater wollte immer, dass ich ein anständiges Leben führe, seinen Vorstellungen habe ich aber trotzdem nie entsprochen. Dieses Jahr hat nicht sehr gut angefangen für mich, aber das Schlimme war eigentlich, dass ich vor ein paar Wochen die Nachricht bekommen habe, dass in meinem Gehirn ein bösartiger Tumor sitzt. Das wohl größere Problem ist, dass mir seit der Verkündung nur vier bis acht Wochen zu Leben bleiben. Und ich habe dann ziemliche Scheiße gebaut: habe mich vor lauter Depression von meiner Freundin getrennt, daraufhin habe ich mich aus lauter Einsamkeit und Verzweiflung an einem Selbstmord versucht. Habe meine blonden Haare beim Friseur grün färben lassen, dann das Auto meiner Eltern gestohlen und meine besten Freunde entführt um noch etwas vom freien Leben zu kosten. Heute Morgen sind mir dann meine Haare ausgefallen und dann ist mir klar geworden, dass ich etwas Beständiges brauche. Etwas das auch meinen Tod überlebt", Angel legt die Maschine aus der Hand, zieht sich die Gummihandschuhe ab und wischt sich ein paar gläserne Tränen aus dem Augenwinkel. Schneller als ich blinzeln kann, finde ich mich in ihrer Umarmung wieder.

„Du hast alles richtig gemacht", gesteht sie mir, löst ihre Arme von meinem Hals und streift sich neue Handschuhe über, damit sie fortfahren kann.

„Die Flügel stehen für all meine Träume die ich eigentlich noch erreichen wollte, wofür mir einfach die Zeit gefehlt hat", wir unterhalten uns danach über leicht verdauliche Themen, wie das verrückteste Tattoo das sie je gestochen hat und was ihre Tattoos bedeuten. Nach vier Stunden ist sie fertig und wir betrachten gemeinsam ihr Wunderwerk auf meinen Armen im Spiegel.
„Schöner als in meinen Vorstellungen. Danke", sie zieht mich an meiner Hand zurück, mit einer Fotokamera in der Hand.
„Dürfte ich es fotografieren, damit wir es hier aushängen können?" will sie wissen und ich gestatte es ihr, dann schmiert sie eine Wund- und Heilsalbe auf die bearbeiteten Hautstellen und wickelt dann eine Frischhaltefolie darum um es vor Schmutz und Schweiß zu schützen.
Nachdem sie mir die Pflege erklärt hat treten wir zur Kasse und sie winkt mich mit ihrem Zeigefinger nahe zu sich, damit sie mir etwas in mein Ohr flüstern kann.
„Deine Geschichte hat mich so sehr bewegt, dass ich nur die Hälfte für alles verlange, die Bedingung ist aber, dass ich irgendwie Bescheid bekomme wenn die Beerdigung stattfindet", mit einem Lächeln gebe ich ihr das Geld und nicke ihr zu, lasse mich dann nochmals von ihr umarmen und verlasse den Laden.
„Lebe dein Leben solange du noch kannst", brüllt sie mir hinterher, winkt mir dann zum Abschied zu.

In jenem Moment habe ich nicht gewusst, dass es das letzte Mal sein würde, dass ich in ihre grüne Augen schauen würde. Ich habe auch nie damit gerechnet, dass sie an meiner Beerdigung erscheint, gekleidet in schwarz, mit dem Foto meines Tattoos in der Hand und meiner Wollmütze, die ich aus lauter Euphorie vergessen hatte mitzunehmen, auf ihren geglätteten Haaren.

♦♦♦♦♦♦

12.08.20xx

Mit einem heftig klopfenden Herzen in meiner Brust radle ich nach Hause, habe davor Karsten und Aspyn kontaktiert und begegne Aspyn auf ihrem Drahtesel, weit bevor ich in unsere Straße einbiegen muss. „Schatz", ihre Stimme verschwindet im Wind der um uns weht, als sie meinen kahlen Schädel sieht, daraufhin wandert ihr Blick zu meinem Nasenpiercing und dann zu den Schwingen auf meinen Unterarmen. „Wo sind deine Haare?" will sie nervös wissen und steigt von ihrem Fahrrad, ich tue es ihr gleich und trete zu ihr, schiebe meine Hände in ihren Nacken und küsse sie.
„Als ich heute Morgen aufgewacht bin, waren sie überall zerstreut in meinem Bett und Mama hat mich dann komplett kahl geschoren, weil ich ausgesehen habe wie ein gerupftes Huhn", die Worte rufen wieder diese Leere in mir hervor, weil sie mir, wenn ich sie laut ausspreche, bewusst machen, dass ich schwerkrank bin.
„Da ist nichts dabei, Schatz. Du bist auch ohne Haare noch mein Simon", flüstert sie, obwohl sie weiß, dass ich mich immer mehr verändere, der Termin im Tattoo Studio ist ein klares Zeichen für meine Persönlichkeitsänderung.

„Wollen wir rein gehen?", schlage ich vor und nehme nach ihrem Nicken ihre Hand in die meine, mit der jeweils freien Hand schieben wir unsere Fahrräder vor die Tür. Wenige Minuten später sitzen wir alle versammelt am Esstisch, dann erhebe ich mich und atme tief durch, schaue nacheinander in die Gesichter der vier wichtigsten Menschen in meinem Leben. „All die Dinge, die ich seit meiner Diagnose getan habe, waren nicht wirklich richtig. Es sind ebenfalls Dinge, die ich nie tun würde als Simon. Aber wie die Ärzte es prophezeit haben rast man haltlos in eine Depression und es tritt eine Änderung der Struktur der Persönlichkeit ein.
Nachdem ich also meine Haare heute verloren habe, ist mir klar geworden, dass wenn ich sterbe alles mit mir von dieser Erde geht. Weil mein Gehirn entscheiden wird wann mein Herz aufhören soll zu schlagen. Deswegen habe ich mich dazu entschlossen mir ein Piercing und ein Tattoo stechen zu lassen. Beides Sachen die beständig bleiben und weiterhin existieren, auch dann, wenn jegliches Leben aus meinem Körper gewichen ist", nachdem meine Worte verklungen sind legt sich eine lange Stille in unsere Atemluft, bevor ich mich niederlasse und Aspyn´s Finger den Tisch entlang wandern und nach den meinen greifen.
„Jede Entscheidung, die du triffst, wird diejenige sein, die in der derzeitigen Situation die richtige scheint", lächelt sie mir zu und ich ziehe mit meiner freien Hand ihren Kopf zu mir um ihr einen Kuss auf die zarte Stirn zu hauchen.

„Wir akzeptieren deine Wege", antwortet dann auch meine Mutter und lehnt sich dann an die Schulter meines Vaters, der dann einen Arm um sie legt.
Karsten sieht mir tief in die Augen und deutet ein Kopfnicken an, es scheint als sei er sprachlos geworden.
„Es verletzt mich, Simon", unterbricht die Stimme meines Vaters meine Gedanken und kurz hält jeder den Atem an, meine Hände sowie mein Nacken verkrampfen sich.
„Du vergisst dabei, dass wir alle das mit dir durchstehen müssen, denkst nur, dass es für dich schwer ist, dich leiden zu sehen. Aber versetze dich mal in unsere Sichtweise, wir sitzen hier an einem Tisch mit dir, wissend, dass wenn wir uns zu sehr an dich klammern dein Tod unser Unglück sein wird. Du verlangst von uns das Unmögliche", diese Nachricht schmerzt in meinen Lungenflügeln und brennt in meinem Herz, dessen Euphorie von seiner eisigen Tonlage nahezu erstickt wird.
„Es ist mein Leben!", ich will mich von Aspyn losreißen und der Situation entfliehen, doch sie hält mich fest, was von mir verlangt dass ich ihr einen Blick zu werfe und daran hängen bleibe.
Verliere mich kurz darin, sehe all die Risse die ich verursacht habe.
Sehe all die Gefühle für die ich nie verantwortlich sein wollte.
Begreife was ich angerichtet habe.
Blicke mich dann um und erkenne in den drei weiteren Augenpaaren Spuren die ich hinterlassen habe, Spuren die ich mit neuen, wunderschönen Erinnerungen verwischen wollte.

Und bin zu blind gewesen um zu erkennen, dass ich nur noch mehr Furchen hineingekerbt habe. Und das, weil ich den tausenden wirren Stimmen in meinem Kopf gefolgt bin.

♦♦♦♦♦♦

12.08.20xx

Nach dem hitzigen Gespräch habe ich mich ins Badezimmer eingeschlossen und mich mitsamt Klamotten unter die eiskalte Dusche gestellt um meinen rasenden, glühenden Körper zu beruhigen.

„Dein Vater hat es nicht so gemeint", wimmert meine Mutter und klopft sacht gegen die Türe, wartet auf meine Antwort, aber ich möchte nicht sprechen, weil ich sie so schon schwer genug verletze. „Bitte, Simon, komm da raus", fleht Karsten, spricht dann gedämpfte und beruhigenden Worte zu meiner aufgebrachten Mutter, dann höre ich Schritte die Treppe hinunter gehen.

„Liebling", versucht es nun auch Aspyn mit ihrer zarten Stimme, die mich nicht fordert, sondern mich ohne Bitten und ohne Flehen dazu bringt das Wasser abzudrehen und mich an der Badezimmertür hinuntersinken zu lassen.

„Ich habe mich für dich entschieden, Simon. Und egal was der Gehirntumor aus dir macht, mein Herz liebt dein Herz so sehr, dass es sich nie davon trennen wird. Nicht mal der Tod bringt mich davon ab dich zu lieben", ihre Worte sickern durch die Tür, schwer. Berühren mein Herz, das nur für sie schlägt.

Schließlich drehe ich leise den Schlüssel im Schloss und gewähre ihr den Eintritt zu meiner zusammengekauerten Gestalt am Fliesenboden, ihre Finger fahren über meine Wange und ich blicke in ihre wunderschönen Augen. Erkenne mich irgendwann in diesen wieder, sehe was der Krebs aus mir gemacht hat.

„Was auch immer du vorhin in meinen Augen gesehen hast, Simon, ist nichts worüber du dich sorgen müsstest", sie zieht mich an ihre Brust und küsst meinen kahlen Schädel, unter dessen Hautschicht man den Krebs in den bläulichen Adern bestimmt durchschimmern sieht.

„Mein Vater hat Recht, ich mute euch zu viel zu", mit einem Kopfschütteln zieht sie mein Gesicht auf ihre Höhe, nur wenige Millimeter von dem ihren entfernt, sodass ich ihren warmen Atem auf meiner Haut spüre.

„Wir sind alle verzweifelt mein Liebling. Aber wir haben uns dafür entschieden den Weg mit dir zu gehen, weil wir nicht von dir loslassen wollen und uns an dich klammern wollen solange wie es geht", nach einem langen Kuss schiebt sie hinterher: „Das ist zumindest meine Absicht", langsam streift sie mir die nassen Klamotten ab und setzt sich dann auf meine Oberschenkel.

„Du gefällst mir so gut", hauche ich und verliere mich in ihrem Duft, verschwinde in ihrer Gegenwart, weil ihre Präsenz mich wohlig ummantelt.

◆◆◆◆◆◆

12.08.20xx

Mit trockener Kleidung kehren wir zurück, versuchen uns nicht anmerken zu lassen, was wir solange da oben getrieben haben.

„Ich liebe euch", lasse ich die Worte von meinem Herzen und umarme zuerst meine Mutter und dann Karsten um ihnen zu zeigen, wie wichtig sie mir in meinem Leben sind.

Vor allem in der Endstation in der ich mich eben befinde.

„Wo ist Papa?" frage ich, blicke mich im Wohnzimmer um und werfe dann einen Blick auf die Einfahrt.

Kein Chevrolet.

„Er hat gemeint, er braucht etwas Abstand. Er kommt ganz bestimmt bald wieder", die Tonlage meiner Mutter klingt hoffnungslos und verzweifelt, weil sie zwischen den Stühlen steht. Zwischen meinem Vater, der ein Realist ist und nur das Beste für sie will, was zeitgleich bedeutet mich in die Schranken zu weisen, weil ich sie sonst zerstöre.

Auf der anderen Seite stehe ich, ihr Sohn, der die letzten Wochen seines Lebens zu leben versucht und viele Fehler macht, die sie ihm verzeihen muss. Aber den sie mehr liebt als ihr Leben selbst und mit diesen starken Gefühlen geht sie das Risiko ein stark verletzt aus der Situation rauszugehen. Denn nach diesen Wochen wird sie ein Leben ohne mich führen müssen. Deswegen hoffe ich umso mehr, dass mein Vater hier bleiben wird. Bei ihr.

♦♦♦♦♦♦

12.08.20xx

Als mein Vater wieder in die Einfahrt gefahren ist, hat er nur meine Mutter abgeholt, ohne mir ein Wort oder einen Blick zu schenken. Er hat meine Mutter in ein schickes Restaurant ausgeführt um etwas Abstand zwischen den Krebs und sie zu bringen. Und dabei wirft er mir immer vor, dass ich der Situation Krebs entfliehen will und er erfüllt meinen tiefsten Wunsch sich selbst, weil ich nicht einfach fort kann von meiner Diagnose, denn überall wo ich hingehe folgt mir der Tumor.

Bevor mein Vater und meine Mutter jedoch essen gegangen sind, haben auch Aspyn und Karsten sich auf den Weg nach Hause gemacht, somit sitze ich alleine in dem spärlich beleuchteten Wohnzimmer mit voll aufgedrehter Musik um die Stimmen in meinem Kopf zu übertönen. Doch auch der Bass in den Liedern bringt meine Gedanken nicht zum Stillstand und diese zwingen mich dazu, in meine Jogginghose zu schlüpfen, meine Jordans über zu streifen und dann mit einer Kapuzenjacke das einsame Haus zu verlassen.

Laufe ein paar Schritte in Richtung Wald, verschwinde aus den Lichtkegeln der Laternen und durchwandere mit jedem Schritt einen Teil meiner Vergangenheit. Genieße den Wind, der über meine Haut streicht sobald ich die Ärmel der Kapuzenjacke über meine Tattoos bis über meinen Ellenbogen geschoben habe.

Doch plötzlich rast mein Herz, die Schwere meiner linken Körperhälfte wird mir mehr und mehr bewusst und ich verlangsame meine Schrittgeschwindigkeit.

Werde durch die einseitige Lähmung dazu gezwungen mich auf den Waldboden zu setzen und tief ein und auszuatmen. Versuche den Krebs-Anfall zu verhindern, doch bemerke schnell die Übelkeit von meiner Magengegend aufsteigen. Kurz darauf übergebe ich mich, direkt auf meinen Schoß und der zweite Stoß lässt nicht lange auf sich warten. Mit zittrigen und halb gelähmten Fingern versuche ich mein Handy aus der Jogginghose zu kramen, doch es rutscht mir aus der gefühllosen Hand.

Wimmernd vor Kopfschmerzen lasse ich mich auf die Seite gleiten und versuche mich auf etwas anderes zu konzentrieren, doch da ist nichts an das ich mich klammern könnte.

Immer wieder verschwindet mein klares Sichtfeld, während die Ohnmacht sich mit ihrer Schwärze immer näher an mich heranschleicht um mein Bewusstsein zu betäuben.

Als etwas Gefühl in meine rechte Hand zurückkehrt, greife ich nach meinem Handy und klicke auf Aspyn´s Kontakt um sie anzurufen.

„Ist was passiert, Liebling?" ihre verschlafene Stimme reißt mich aus der Schwärze, nachdem sie nach dem dritten Hupen abgenommen hat.

„Hilfe", krächze ich, kämpfe um meine Stimme, atme dann tief ein und aus.

„Wo bist du?", höre ich ihre Stimme etwas entfernt, als hätte sie den Hörer auf ihr Bett gelegt um sich etwas über zu schmeißen.

„Wald...Haus", bringe ich mühsam hervor, warte auf ihre Antwort und halte mich daran fest.

„Lass das Handy an Schatz, ich höre dich und komme sofort zu dir", teilt sie mir mit, während das Handy aus meiner Hand gleitet, ich sie aber dennoch hören kann wenn ich mich fest auf ihre Stimme konzentriere.

„Ich fahre jetzt mit dem Auto zu dir und dann sehen wir weiter, mein Liebling", im Hintergrund höre ich, wie sie zu ihrer Mutter sagt, dass diese einen Krankenwagen rufen soll und dann fällt ihre Haustüre ins Schloss, schließlich startet sie den Motor.
„Du schaffst das, Simon. In ein paar Minuten bin ich da und dann helfe ich dir", ihre Worte sind die Luft die ich zum Atmen brauche, doch ich kann ihr nicht antworten, weil meine Stimmbänder wie gelähmt in meinem Inneren liegen. Nutzlos.
Kurz darauf übergebe ich mich erneut, versuche aus den wirren Buchstaben die ihre Stimme mir entgegenbringt Worte und Sätze zu bilden. Nutzlos.
„Ich bin hier, Schatz. Ich liebe dich", ihre Hand legt sich auf meine Wange, ihre Berührungen beruhigen mich, nehmen mir die Angst. Vor alledem, was vor mir liegt.

♦♦♦♦♦♦

Kapitel 4

20.08.20xx

Seit ich im Krankenhaus bin haben sie sich dazu entschlossen, dass ich zu krank bin um außerhalb dieses Gebäudes zu leben. Leider hat diese Nachricht mir gezeigt, wie wenig Zeit mir noch in diesem Leben bleibt. In meinem eigenen Körper mit einer fremden Persönlichkeit.

Die meiste Zeit verbringe ich mit schlafen, weil ich keinen Appetit auf das Krankenhausessen habe und weil ich nur darauf warte, dass meine Geliebten die Totenstille mit ihren Stimmen durchbrechen. Der Arzt hat mir einen Drücker zwischen die Finger gelegt, er meint, dass ich durch eine Betätigung von diesem, Morphium in meine Venen befördere, damit ich nicht solch starke Schmerzen verspüre. Aspyn liegt neben mir in dem Bett weil ich heute zu schwach bin mich aufzusetzen, doch das Licht ist erloschen, weil sie häufiger in Tränen ausbricht umso näher der Tod rückt. Denn die Schatten sind dunkler, seit diese fünf Buchstaben zwischen uns stehen. Ich werfe mich von einer Krise in die nächste und raste nicht, verrenne mich immer in tiefere Schluchten – verirre mich bis hin zum Herzen des Labyrinths. Kein Ausweg in Sicht.

„Der Tod erlöst dich", ein Lächeln wärmt mein kühles Herz und ich gebe dem Drücker in meiner Hand einen Push, damit das Morphium mich fliegen lässt. In eine andere Dimension, in einer in der es mir gut geht.

„Sag so etwas bitte nicht", wispert sie mit dunklen Rändern unter ihren einst schimmernden, graugrünen Augen. Sie ist erschöpft.

Von mir und meiner Persönlichkeit, meiner Krankheit. „Wenn ich endlich fort bin, kannst du wieder die süße, heiße, glückliche Aspyn werden, die du immer gewesen bist", Bilder von ihrem lächelnden Gesicht schießen in meinen Kopf, unzählige Momente in denen die Welt für Augenblicke still zu stehen schien.

„Ich kann nicht mehr zurück, Simon. Wenn du gehst, geht der Teil mit dir der in deinem Herzen ist", sie umschlingt mit ihren zierlichen Fingern den Ring, den ich in meiner Hosentasche getragen habe, als ich mich von ihr getrennt habe.

„Ich habe mich freiwillig entschieden diesen Weg mit dir zu gehen, weil du zu mir sagtest…" „…du bist das Licht dem ich immer folgen werde, ohne dich sehe ich nichts", beende ich wispernd ihren Satz und wiederhole meine Worte die ich vor langer Zeit zu ihr gesagt habe. Eine Träne rinnt über ihre geröteten Wangen und ich erkenne ihr Lächeln, das Lächeln welches mein Herz zum Durchdrehen bringt. Das Lächeln, welches ich ihr durch die Wandlung meiner selbst gestohlen habe.

„Bitte weine nicht mein Liebling", und zum ersten Mal seit Stunden löse ich meine verkrampften Finger von dem Drücker, der mir Schmerzlosigkeit garantiert und umfasse ihre Hände, welche aufhören zu zittern, nachdem ich sie umgriffen habe.

„Ich weine, weil du wieder hier bist, der, in den ich mich verliebt habe. Alle diese Kämpfe lohnen sich, hier in diesem Moment",

„Ich liebe dich, für immer", Worte, um die ich froh bin sie endlich wieder ehrlich sagen zu können. Mit einem durchtriebenen Glitzern in ihren Augen beugt sie sich zu mir hinab und flüstert: „Ich liebe dich auch", und küsst mich. Da prasselt alles auf mich ein, ihr Gewicht auf mir, ihre langen, braunen Haare, ihre zarten, kleinen Finger die überall auf mir sind und ihre Spur dort hinterlassen. Und ihre Lippen, mehr gibt es dazu nicht zu sagen.

„Schämst du dich nicht, einen krebskranken, persönlichkeitsgestörten, halbtoten Kerl hier im

Krankenhaus zu vernaschen?", raune ich in ihr süßes Ohr und küsse sie auf ihren bloßen Hals.

„Kein bisschen, du etwa?", will sie herausfordernd wissen.

„Ich sollte mich schämen als krebskranker, halbtoter mit einer quicklebendigen, kerngesunden, scharfen Braut ins Bett zu hüpfen?"

Ein Klopfen lässt sie versteifen und als nächstes streckt Karsten den Kopf durch die Tür. „Sorry, aber deine Zeit ist um, ich will meinen Kumpel auch für mich haben",

„Raus du Mistkerl", rufe ich und feure eines meiner Kissen Richtung Tür. Er verschwindet und sie schlüpft in all ihre Klamotten, küsst mich ein letztes Mal.

„Und?", will Karsten von ihr wissen. „Ich glaube, heute hat er einen guten Tag, er ist beinahe er selbst", flüstert sie so leise, dass ich es kaum verstehen kann. „So siehst du auch aus", ich sehe wie er sie umarmt und ihre Hand danach kurz hält, weil sie erneut beginnt zu fallen.

„Ihr schafft das. Es ist Liebe", Karsten nickt ihr aufmunternd zu und sie verschwindet aus meinem Sichtfeld, nimmt all das Licht mit, das sie mir entgegenstrahlt.

„Na, Kumpel", grinst Karsten und zieht sich einen Stuhl an mein Bett, die Lehne zu mir, damit er rittlings darauf Platz nehmen kann, die Arme platziert er locker auf der Lehne.

„Dein Blut ist wohl noch woanders", lacht er und sein Blick fällt auf den Drücker, der auf dem Nachttisch ruht, weit fern von meiner Hand.

„Sie macht mich so glücklich. Und ich sie so traurig", er schweigt - eine Zustimmung meiner Aussage - weil ich gerade zu jedem Menschen die gleiche Wechselbeziehung besitze.

„Weißt du, du hast sie all die Zeit glücklich gemacht und gerade eben, Simon, da hatte sie das gleiche Glitzern wie im Sommer als ihr zusammengefunden habt. Heute ist ein guter Tag, glaube mir", mir wird bewusst, wie Recht er hat.

„Ich fühle mich wie ich selbst, das ist so unglaublich schön. Karsten, du bist der Mensch mit dem ich mein Leben verbringen könnte", die Wahrheit perlt wie Wasser über meine Lippen und ich vermute, dass ich heute vielleicht eine meiner letzten Sternenstunden im Punkto ich selbst erleben werde. „Das tut gut, das zu hören, was man selbst empfindet", und so sitzen wir uns gegenüber und verfallen in Geschichten und Abenteuer, verlieren uns in der Vergangenheit, weil die rosiger gewesen ist als die Gegenwart und die Zukunft sein wird.

„Heute ist ein guter Tag, heute gefällst du mir", ich spüre wie Müdigkeit über mich herein prasselt und bekomme nur noch am Rande mit wie Karsten sich von mir verabschiedet und ich mich für meine Müdigkeit entschuldige.

Dann drehe ich mich auf die Seite und mir fällt der Drücker ins Auge. „Ich glaube, heute hat er einen guten Tag, er ist beinahe er selbst", höre ich ihre sanfte Stimme in meinem Kopf widerhallen. Heute ist die erste Nacht im Krankenhaus in der ich mich nicht unter Drogen setze. Mit ihrer klaren Stimme im Kopf und dem Gefühl ihres glühenden Körpers auf mir drehe ich dem Drücker den Rücken zu und versinke in einen traumlosen Schlaf.

◆◆◆◆◆◆

23.08.20xx

Als ich erwache ziehen sich meine Kehle und mein Brustkorb zusammen. Ich drohe zu ersticken, strample mit schweren, kaum beweglichen Beinen die Decke von mir und drücke mich in den Stand hoch. Zerre wie ein wahnsinniger an dem fest verschlossenen Fenster, zu fest für meine tauben, klammen Finger. Die Panik lähmt mich und ich piepe aus lauter Hilflosigkeit die Schwester an, mitten in der Nacht. Doch es kommt mir wie eine Ewigkeit vor bevor sie erscheint. Ich verkrieche mich in eine Ecke des Zimmers und fahre mir durch das nicht vorhandene Haar, beiße auf meine Unterlippe und beende die verzweifelten Versuche damit mir über die Schwingen meiner Arme zu fahren. Die Schwester betritt das Zimmer, alles wirkt wie in einer milchigen Zeitlupe, sie packt mich grob an den Schultern und rüttelt an meinem regungslosen Körper. Ein Arzt stürmt ins Zimmer und mehrere Schwestern, während ich wie ein Stück Elend in der Ecke kauere und schreie: „Machen sie einfach nur das verfluchte, verklemmte Fenster auf!"
Immer wieder, doch sie hören nicht auf mich, ziehen mich hoch und wechseln mir die urinierten Kleider, betten mich auf die Matratze, streifen mir Handschuhe über, damit ich mich nicht kratzen kann.
„Ein bisschen Morphium und ihnen geht es besser", er nimmt den Drücker in die Hand. „Nein, bitte nicht.

Nicht heute", doch er gibt diesem einen Push und die Droge sickert durch mein Blut. „Sie hat doch gesagt, heute habe ich einen guten Tag", der Arzt legt den Drücker auf den Nachttisch und löscht das Licht. „Sie hat doch gesagt, heute bin ich beinahe ich selbst", flüstere ich dem Arzt hinterher, dann fällt die Tür ins Schloss.

Heute seit einem Monat weiß ich, dass ich an Krebs erkrankt bin. Das Letzte woran ich denke, bevor mich die Schmerzlosigkeit in den dringend benötigten Schlaf zieht ist, dass sie das verklemmte Fenster nicht geöffnet haben. Und das ist doch der einzige Grund gewesen, weswegen ich sie gerufen habe.
„Morgen mein Liebling", eine ruhige Stimme dringt in meine verschlafenen Gedanken. „Hast du gut geschlafen?" will meine Mutter wissen und ergreift meine Hand, streicht über diese. „Der Doktor hat mir von letzter Nacht erzählt, mein Liebling. Er sagt du wirst heute etwas benebelt sein", ich entziehe ihr meine Hand, spüre wie mein *Selbst* verschwindet und alles was bleibt ist der Krebs. „Ich wollte nur, dass sie das verdammte Fenster öffnen, das haben sie nicht getan!" brülle ich und setze mich auf, mache Anstalten das Bett zu verlassen.
„Bleib bitte liegen, mein Liebling", sie springt auf und drückt mich zurück in die Laken. Sie wollte nicht, dass ich mich bewege, denn sie sieht die Blässe und die rot geräderten Augen. „Der Arzt meinte, dass du dich ausruhen sollst, die letzte Nacht war nicht sehr erholsam"
Wut kocht unter meine Rippenbögen und strahlt durch meinen Körper, wie der Krebs mich

durchstrahlt mit seiner Kraft. „Geh!" schnaufe ich unkontrolliert aus und vermeide jegliche Nettigkeit. Es klingt wie ein Befehl den ich einem Fremden unterbreite, obwohl meine geliebte Mutter mir gegenüber sitzt. „Das meinst du doch nicht so…", ihr stockt der Atem, ich höre wie ihre Mundschleimhaut aufgrund ihrer Zerrissenheit austrocknet. Sie hasst Menschen mit einem Charakter wie ich ihn gerade an den Tag lege, wenn das Morphium mich *Selbst* betäubt und der Krebs sich offenbart. Mit seiner Persönlichkeit, die er mir aufzwingt, obwohl sie mir nicht passt. Er sperrt mich ein in einen Käfig, der mir auf die Brust drückt um jede Luft aus der Lunge zu pressen, der tief in mir verborgen liegt.

♦♦♦♦♦♦

23.08.20xx

Die Schatten werden länger und der Tag neigt sich dem Ende zu. Meine Mutter habe ich an jenem späten Nachmittag um Verzeihung gebeten. Nach letzter Nacht war ich selbst enttäuscht von mir. Zu niedergeschlagen, um irgendjemandem aufrichtig in die Augen zu sehen. Mehr Erniedrigung eines Individuums konnte es kaum geben, aber daran konnte ich nichts ändern - nicht jetzt und nicht wann anders. Alles, was von mir geblieben ist, ist der Krebs, mehr nicht. Und das werden die Menschen sagen: „Simon war schon immer anders, aber erst der Krebs hat ihn richtig verändert und gezeigt was wirklich in ihm steckt", ich bin so instabil, dass ich mich nicht mal gegen eine Mutation wehren kann. Traurig aber wahr, dass mein Körper erkrankt ist, das Einzige was es für mich so schwer zu akzeptieren macht ist, dass ich meine letzten Wochen nicht mit meiner Persönlichkeit verbringen konnte. Persönlichkeit. Uns durchzieht es, es legt die Struktur um unser bloßes Dasein, es schmückt, es ziert, es glänzt für die letzten Sekunden wenn sie durchbricht. Obwohl sie uns umgibt so durchdringt sie uns auch, sie legt Spuren in den Herzen anderer. Hilflos verloren sind wir, wenn sie uns verlässt. Gehasst von jenen die uns liebten. Geliebt von jenen die uns zerstören wollten. Gejagt von jenen die zu uns aufblickten und gefangen genommen von denen, die uns missbilligten. Ohne sie sind wir nicht mehr die Person, als die wir geboren wurden. So bin auch ich nicht mehr der, der ich einst war. Seit meiner Diagnose bin ich die Person, die das Gegenteil meines eigenen Individuums verkörpert. Egal wie tief und innig ich mir wünsche wieder der zu sein, der ich mal war. Es wird nicht mehr geschehen. Die Stimme, die mich formte, die mich leitete und die meine ganze Basis war – verstummt - eher brutal zum Schweigen gebracht. Nicht mal mehr ein Wispern, oder ein Echo, auf das ich mich hätte konzentrieren können.

◆◆◆◆◆◆

30.08.20xx

Neben mir sitzt Aspyn, ich lebe nur noch für die Momente bei denen sie bei mir ist, dazwischen schlafe ich so viel ich kann, weil der Krebs mich unglaublich müde macht.

„Wie kannst du mich noch lieben?", will ich wissen und streiche sanft über ihre Fingerknöchel. Mehr war da kaum zwischen uns, als der Krebs. Da war nur dieses verflixte Wort mit seinen fünf Buchstaben das eine Kluft zwischen uns bildete. Ich wollte das alles nie, wollte nie, dass wir beide uns weniger wert waren und uns weniger bedeuteten. Meine Haut gleicht Pergament und ich sehe die Adern, die mich lebendig halten, blau durch diese schimmern.

„Weil mein Herz sich dazu entschieden hat, für immer bei dir zu bleiben", lächelt sie, doch mit meinen nächsten Worten zerstöre ich die angenehme Situation.

„Heute ist ein neuer Tag. Heute bin ich nicht wie gestern", flüstere ich und warte auf ihre Reaktion, nach meiner Ankündigung. „Ich weiß Simon", antwortet sie und beißt sich dann auf ihre Unterlippe, weil sie bereut, dies gesagt zu haben. „Ich hasse mich doch selbst dafür", ich entreiße ihr meine Hand. Merke, wie ich nicht ich selbst bin, doch ich störe mich nicht daran. Dann drehe ich mich von ihr weg und lasse sie zurück. „Ich gehe mein Liebling und komme morgen wieder", ein kleiner Kuss auf meinen Nacken, danach höre ich nur die Tür ins Schloss fallen.

Sie hat daraus gelernt sich nicht alles zu Herzen zu nehmen was ich sage, denn sie weiß, dass der Krebs mich zu stark verändert hat.

◆◆◆◆◆◆

01.09.20xx

Nur am Rande nehme ich war, wie meine Verwandten in mein Zimmer trudeln. Nach und nach kommen die verschiedensten Leute um sich von mir zu verabschieden. Sie verabschieden sich von einem Leben mit mir, während ich mich von dem Leben selbst verabschieden muss.
Die Einzige, die sich nicht von mir verabschiedet ist Aspyn, weil sie jede Minute mit mir genießt und dabei weiß sie gar nicht, wie wichtig das für mich ist. Ihre sanft geschwungenen Wimpern wirbeln meine Gedanken auf, zerstören die Strukturen sobald sie ihre Augen schließt und beim Öffnen fährt der Wind durch diese. Dieses Bild wird mir für ewig ins Herz gebrannt sein. Sie, mit einem Lächeln im Gesicht, welches die ganze Welt zum Strahlen bringt. Ihre Augen, die mich betrachten, Gedanken erschaffen, die zu unvergesslichen Erinnerungen wachsen.
„Wirst du mich vergessen?", wispere ich leise in ihr Haar und streiche abwesend über ihre zarten Arme.
„Nie mehr, Simon", drei kleine Worte die mir die Hoffnung schenken, die ich dringender benötige als Luft.
„Ich kann dir nichts sagen, nichts versprechen, aber auch wenn ich sterbe wirst du wissen, wer dich ewig lieben wird", nach diesen Worten führe ich ihre Hand zu meinem Mund und hauche schwerelose Küsse auf ihre Haut. „Jedem, der mich fragt, werde ich sagen, dass meine erste Liebe zwar gestorben ist, aber dennoch lebendiger brennt als es je eine andere tun wird."

Und dennoch tut es weh, wenn ich zu diesen schönen Augen blicke und weiß, dass ich, so wie sie es mit meinen Gedanken macht, deren Struktur zerstöre. Mit meinem letzten Atemzug. Er würde mich töten und einen Teil von ihr mit. Liebe ist ein gefährliches Spiel, ich will nicht der Grund sein, dass sie sich in der Trauer verliert. Aber ich erkenne, dass ihre Tränen, welche silbern glitzern in der Abendsonne, von Tag zu Tag mehr werden, keinen einzigen Tag mehr verbringe ich ohne sie. Nie würde ich es mir verzeihen können, sie nicht getröstet zu haben. Ein leichtes Zittern wandert über ihren Körper, die letzte Tränenflut ist fast fünf Stunden her, die Abstände werden kürzer und die Tränen mehr.

„Irgendwann wirst du nur noch aus Erinnerungen bestehen", das Atmen fällt ihr schwer und ich spüre, wie das Nass auf meine Finger tropft während ich ihre Wange streichle. „Vergiss nie, dass Erinnerungen etwas Schönes sind."

♦♦♦♦♦♦

02.09.20xx

Mitten in der Nacht weckt mich mein rasendes Herz, während meine Stimmbänder sich wie gelähmt anfühlen, dann greife ich zu meinem Telefon und wähle Aspyn´s Handynummer. Sie geht nach dem zweiten Tuten hin und schluchzt.
„Schatz, ich glaube ich verliere meine Stimme. Ich wollte nur ein letztes Mal anrufen um dir zu sagen, dass ich dich für immer liebe", die Worte kriechen

langsam und schwer wie Blei über meine Lippen. „Ich bin so froh das du lebst, ich dachte jemand ruft an um mir zu sagen, dass du gestorben bist", ein tiefes Durchatmen ihrerseits.

„Ich liebe dich auch, Simon", antwortet sie, während ich ihrer Stimme noch etwas lausche werden meine Augenlider immer schwerer und schließlich legt sie auf. Sobald die Geräusche am anderen Ende der Leitung verstummt sind, betätige ich den Drücker in meiner Hand um mein wild pochendes Herz zu beruhigen und in einen traumlosen Schlaf zu sinken.

◆◆◆◆◆◆

03.09.20xx

Mühsam kämpfe ich mich mit einem brummenden Schädel zum Fenster, warte, bis ich meine geliebte Aspyn über den Platz laufen sehe. Probiere aus, ob meine Stimmbänder noch funktionsfähig sind und strahle, als ich feststelle, dass sie es sind. Nicht lange lässt sie auf sich warten und ich verlasse mein Zimmer mit meinen Jordans an den Füßen, die sie mir als einziges gelassen haben. Mit dem Fahrstuhl tauche ich in der Eingangshalle auf, begegne ihrem erstaunten Gesichtsausdruck und gehe mit mutigen Schritten auf sie zu, damit ich mit ihren Fingern zwischen den meinen nach draußen an die frische Luft laufen kann.

„Was hast du vor mein Liebling?", ihr Lächeln dringt durch ihre Stimme, durchwebt jede Faser meines Körpers und lässt mein Herz seinen Rhythmus beschleunigen.

„Nicht so ungeduldig", antworte ich ihr und führe sie zu einem Baum ganz in der Nähe, falle dann vor ihr auf ein Knie und blinzle die Schwärze vor meinem Sichtfeld hinfort.

„Simon?", ein Zittern wandert durch ihren Körper.

„Geliebte Aspyn, wenn jemand seine große Liebe auf dieser Welt gefunden hat, dann ich. Ich kann mich als glücklicher Mann schätzen. Seit du in mein Leben getreten bist weiß ich, dass ich mich an jeder Wegverzweigung in meinem Leben für den richtigen Pfad entschieden habe, denn sonst wäre ich nie auf dich getroffen. Auf einen Menschen, der mir mehr bedeutet als mein Leben, eine wundervolle Frau die mir jeden Traum erfüllt. Die mich glücklicher macht, als es je etwas oder jemand ermöglichen könnte", während meinen Worten greife ich nach ihren beiden Händen und hauche auf jede einzelne Fingerspitze einen Kuss.

„Ich liebe dich", wispert sie mit Tränen in den Augen, die sie versucht zurückzuhalten. Aber es sind Tränen, die gerne gesehen sind. Tränen die bedeuten, dass sie fühlt – und bei dem Glück das ich habe, fühlt sie dasselbe für mich, wie ich für sie.

„Ich liebe dich auch. Deswegen möchte ich dich fragen", mit nervösen Fingern hole ich eine kleine schwarze Schachtel hervor und öffne sie dann.

„Möchtest du meine Frau werden?", die Tränen befreien sich aus ihren Augenwinkeln und sie fällt auf die Knie, hält mein Gesicht in ihren zarten Fingern und küsst mich, lässt für eine gefühlte Ewigkeit nicht von mir ab.

„Ja! Ja, ich will", antwortet sie hysterisch, zittert, als ich ihr den Ring über den Ringfinger schiebe und dann ziehe ich sie an meine Brust.

„Du hättest nicht so viel Geld für mich ausgeben müssen", die Sonnenstrahlen spiegeln sich in dem Nass auf ihren geröteten Wangen, als sie es sich auf meinem Schoß bequem gemacht hat und ihre immer noch glitzernden Augen in die meinen blicken.

„Liebe ist eigentlich unbezahlbar, aber mir ist klar geworden, dass ich, solange ich noch Zeit habe, dir zeigen möchte wie sehr ich dich liebe. Und hätte ich mehr Tage auf dieser Welt bekommen, dann hätte ich die schönste Hochzeitsfeier mit dir geschmissen, die schönsten Flitterwochen verbracht. Ich hätte ein Haus mit dir gekauft und Kinder gezeugt und großgezogen, aber das Leben läuft nicht immer so, wie man es sich wünscht. Deswegen wollte ich dir mit dem Ring und dem Antrag das Versprechen dafür geben, dass wenn ich mehr Zeit gehabt hätte, ich all diese Dinge mit dir erlebt hätte. Dieser Ring ist mein Versprechen an dich".

Ihre Fingerknöchel streichen über meine Wange, bevor sie dicht an mich heranrückt.

„Nie wieder werde ich jemanden wie dich finden auf dieser Welt. Aber es werden immer zuerst die schönsten und bedeutungsvollsten Menschen geholt, weil jemand da oben dich braucht", ihr Kuss ist gefüllt mit verschiedenen Emotionen, die nach Trauer, Liebe und Sehnsucht schmecken, nach Gefühlen für die ich verantwortlich bin. Mehr als froh bin ich darüber, dass ich Liebe gefunden habe auf dieser Welt, dass sie Teil meines Lebens gewesen ist.

„Soll ich dir noch ein Versprechen geben?" meine Worte sind die Einzigen, die ich in unserer Umgebung wahrnehme, sowohl das Rascheln der Blätterkronen, die Stimmen der anderen als auch die Vogelgesänge sind verschwunden.
„Ich verspreche dir, Aspyn, dass ich, wo ich auch sein werde, auf dich warte. Ich werde dich wiederfinden und meine Liebe wird so stark sein, wie sie es schon immer für dich gewesen ist"
„Ich werde dich suchen, Simon. Weil ich dich nie werde vergessen können"
„Ich liebe dich", nach meinen Worten füllt sich mein Herz mit Sehnsucht.
„Ich liebe dich auch", und nach den ihren mit Liebe.

◆◆◆◆◆◆

05.09.20xx

In den folgenden Tagen habe ich mich auf das Briefe schreiben konzentriert, da meine Stimme nun vorerst das Weite gesucht hat. Daraufhin bin ich auf die Idee gekommen Abschiedsbriefe an meine Geliebten zu verfassen, damit etwas nach meinem Tod bleibt.
Denn seit meiner Diagnose strebe ich nach Beständigkeit, nach etwas das sich nicht dem Ende neigt wenn ich es tue.
Als die Uhr weit nach Mitternacht zeigt, drücken meine schmerzenden Glieder meinen schwachen Körper in eine sitzende Position und ich knipse die Nachttischlampe an.

Lieber Papa,

Es tut mir nach wie vor leid, dass ich nie der Sohn geworden bin, den du dir gewünscht hast. Aber irgendwie habe ich mich immer an dem Gedanken festgehalten, dass mir noch Zeit bleibt, genug Zeit zumindest, um etwas aus mir zu machen.
Wenn du diese Zeilen liest wandle ich nicht mehr unter euch.
Aber irgendwie hoffe ich, dass ich dir dennoch genug gewesen bin zu meinen Lebzeiten, dass du mich nicht vergessen wirst, dass ich trotzdem noch ein Bestandteil in deinem Leben bin.
Vor allem wünsche ich mir aber, dass du bei Mama bleibst, sie wird dich sehr stark brauchen nach meinem Tod und ich habe schreckliche Angst davor, dass sie daran zerbricht.
Ich wünschte, ich würde am Leben bleiben für sie, dass sie nicht miterleben muss, wie ihr einziges Kind stirbt. Ihr habt viel durchgestanden und auch wenn ich die größte Umstellung in eurem gesamten Leben gefordert habe, so möchte ich nicht das Problem sein, das euch auseinander bringt. Ich bete, dass ihr beide einen Weg findet mich in Erinnerung zu behalten aber nicht daran zu zerbrechen.
Falls du denkst, dass du Mama nicht glücklich machen kannst, dann irrst du dich, sie liebt dich von ganzem Herzen und braucht dich – sie kann auf dich zählen.
Und weil du mein Vater bist musst du meinem Rat natürlich widersprechen, deswegen wirst du über diesen Zeilen mit einem Kopfschütteln sitzen.
Aber wenn du denkst, ihr schafft das nicht alleine, dann holt euch bitte Hilfe. Rettet unsere Familie, weil

ich es mir nie verzeihen könnte, wenn ich der Grund eurer Trennung wäre.

Ich möchte meine letzten Worte zu dir meiner Dankbarkeit widmen.

Danke, dass du mich über alle meine Fehler hinweg dennoch geliebt hast und danke, dass du mir die Chance gegeben hast dieses Leben zu leben – auch wenn es für meinen Geschmack zu kurz gewesen ist.

*Ich liebe dich für immer,
dein Sohn.*

Mit meinem Handrücken wische ich mir die Tränen aus den Augenwinkeln, lese den Brief noch ein paar Mal durch, bevor ich ihn zusammenfalte und in die Schublade schiebe.
Kurz atme ich tief aus und ein, damit ich dafür bereit bin, meine nächsten Briefe zu schreiben, weil mir langsam klar wird, dass es jetzt allmählich zu spät ist, bestimmte Vorhaben auf morgen zu verschieben, denn wer weiß schon, ob es ein Morgen für mich geben wird.
Mein sehnsüchtiger Blick wandert durch die Schatten des Zimmers hin zu den Sternen am Himmel, die draußen unberührt von der Nacht strahlen.
Meine Gedanken schweifen zu dem, was mich erwarten wird, wenn ich meine Augen werde schließen müssen, weil mich der Krebs dazu zwingt.
Dort ist niemand, der mich mit offenen Armen empfängt, denn hier sind alle die mich halten, die mich nicht gehen lassen wollen. Und mir geht es

gleich, ich möchte ebenso niemanden hier zurücklassen.
Dann greife ich nach einem neuen, sauberen Blatt, nehme den Stift in die Hand und setze ihn an.

Liebe Mama,

Du bist der Engel in meinem Leben und eine Welt ohne dich will ich nicht sehen. Du bist immer da gewesen, hast mich geliebt seit du von meiner Existenz gewusst hast.
Ich hätte mir keine bessere Mutter als dich wünschen können, weil du perfekt für mich bist.
Es fällt mir sehr schwer dich zurückzulassen, weil ich nicht weiß, wie es dann weitergeht.
Seit ich hier im Krankenhaus bin und mit Sicherheit weiß, dass mein Leben sich seinem sicheren Ende neigt, bahnt sich große Unsicherheit in mir an.
Die Unsicherheit davor, ob es etwas danach gibt, einen Ort, an dem ich euch dennoch nahe bin, weil ich euch nicht hier auf dieser Erde zurücklassen will.
Ich möchte dir nochmal für alles danken was du für mich getan hast, dass du dein Abitur aufgegeben hast, damit du mich auf die Welt bringen und aufziehen konntest.
Dank dir bin ich der geworden, den ich akzeptiert habe, ich hatte nie einen Moment in meinem Leben, in dem ich meine Persönlichkeit bereut habe und das habe ich dir zu verdanken.
Leider hat der Krebs mich stark verändert und ich möchte mich mit diesem letzten Schreiben bei dir für alles entschuldigen, was ich seit meiner Diagnose zu dir gesagt habe.

Jedes falsche Wort, das dich verletzt hat, war nie so gemeint und es verstört mich, macht mich unglaublich traurig, dass ich nicht mit meiner Persönlichkeit von dieser Welt gehen kann. Aber ich kann sagen, dass du mir einer der wichtigsten Menschen gewesen bist und mein ganzes Leben verschönert hast.
Mir tut es leid, dass der Gehirntumor Besitz von mir ergriffen hat und das ich dich verlassen muss. Mein größter Wunsch wäre es, dass du nicht dein Lachen verlierst, denke nicht jeden Tag an mich, schließe mein Zimmer ab und gehe nicht jeden Tag herein.
Ich liebe dich über alles auf dieser Welt und aufgrund dessen fällt es mir so unglaublich schwer dich zu verlassen, dich zurückzulassen auf dieser Welt.
Aber ich werde auf dich warten, mein Engel.
Wir werden uns wieder sehen, weil wir nie getrennt gewesen sind.
Versinke nicht in meinem Tod, sondern lebe für dich und für mich.

In Liebe,
dein Sohn.

Vorsichtig lese ich nochmals über die Zeilen, bevor ich den Brief dann genauso sorgfältig zusammen falte. Dann lehne ich mich zurück und blicke nach oben zur Decke, denke daran, dass mir nicht mehr viel Zeit bleibt.
Zu wenig Zeit, um allen zu zeigen wie sehr ich sie liebe und ihnen dennoch genügend Hoffnung zu schenken, dass sie weiterleben und nicht in Trauer verfallen, wenn sie bemerken, dass ich fort bin.

Für immer – und genau das sind die zwei Worte die mir Steine auf die Lunge legen. Als ich das nächste Blatt vor mir ausbreite und es glattstreiche, stocke ich.
Lege das Papier auf den Nachttisch und schließe die Augen, lösche das Licht, versuche Schlaf zu finden.
Doch dann wird mir bewusst, dass in diesem Moment meine Persönlichkeit bei mir ist, dass vielleicht jetzt die letzten Stunden sind, in denen ich das schreiben kann, was ich wirklich empfinde. Somit kämpfe ich darum meine Augen zu öffnen, den Raum durch Licht zu erhellen und mich dann mühsam wieder in eine sitzende Position zu stemmen.
Mit einem Stöhnen und rasenden Kopfschmerzen ziehe ich wieder das Papier auf meine knochigen Knie und setze den Stift an.
Schließlich atme ich tief ein und aus, versuche mich darauf zu konzentrieren, dass meine Hände nicht zittern und dass ich genau weiß, was ich in meinem nächsten Brief schreiben will.
Denn der nächste Brief geht an meinen besten Freund, an den Menschen, der sich freiwillig für mich entschieden hat sein ganzes Leben in meiner Gegenwart zu verbringen.
Dafür bin ich ihm unendlich dankbar, denn umso älter ich geworden bin, umso glücklicher bin ich gewesen, dass er da ist und dass ich mich immer auf ihn verlassen konnte.

Lieber Karsten,

Ich weiß gar nicht wo ich beginnen soll, wir haben so viel erlebt auf dieser Welt, dass ich die meisten Erinnerungen wohl mit dir teile. Ob gute oder schlechte Zeiten wir haben alles überstanden, weil unsere Freundschaft stärker gewesen ist als all die Dinge, die sie zerbrechen wollten.
Nun liege ich hier in einem Krankenhaus, bin mir bewusst, dass mir nicht mehr viel Zeit bleibt um diese mit dir zu verbringen.
Das was zwischen uns pulsiert hat ist wohl mehr als Freundschaft gewesen und ich bin unendlich froh, die zweite Hälfte meiner selbst gefunden zu haben.
Es tut mir leid, dass ich es nicht mehr bis zu unserem Jahrestag durchhalte, zu dem Tag an dem wir beide begriffen haben, dass wir eine ewige Freundschaft vor uns haben.
Wenn ich darüber nachdenke tauchen die Bilder so klar in meinem Kopf auf, als seien sie erst gestern von meinem Gehirn gespeichert worden.
Es war der 7.November und der Kindergartenausflug stand an, wir stampften durch den tiefen Schnee mit Winterstiefeln und wir zwei sind aus dem Staunen nicht mehr herausgekommen und immer weiter von der Gruppe und dem Weg abgekommen.
In unserem Spiel haben wir nicht mehr auf unsere Umwelt geachtet, somit wurde uns zu spät bewusst, dass das zarte Eis unter unseren Füßen knarzte und schließlich der Boden unter uns zersprang.
Mit lautem Schreien fanden uns die anderen, während das Eiswasser um uns herum an unserer schweren Winterkleidung zog und uns unter Wasser

zwang. Schnell waren helfende Hände da und der Krankenwagen brachte uns zum Krankenhaus.
In dieser schrecklichen Situation ist uns bewusst geworden, wie sehr wir uns brauchen und ich hätte gerne den 7.November wieder mit dir gefeiert.
Ein Bier getrunken auf unsere Freundschaft, die mit der Ewigkeit verglichen werden kann.
Ich wünschte, ich würde hier lebend rauskommen.
Doch leider fehlen nur noch ein paar Tage, bis ich meine Augen für immer schließe.
Ich hoffe für dich, dass du die Liebe deines Lebens findest und den Lebensweg einschlägst, der dich glücklich macht.
Bitte schau hin und wieder nach meiner Mutter, meinem Vater und auch nach Aspyn.
Ich liebe dich sehr,

dein bester Freund Simon.

Mit schweren Gliedern falte ich den Brief zusammen, rücke das Kissen hinter meinem Rücken zurecht und beginne ein neues weißes Papier auf meine knochigen Knie zu platzieren.
In den vier Wänden ist es still und meine Finger schmerzen vom Zeichnen der Buchstaben auf das Papier.
Doch ein Brief fehlt mir noch, denn mir ist bewusst, dass mir zu wenig Zeit bleibt um mich für diese letzten Zeilen ein anderes Mal aufzuraffen.
Kurz denke ich darüber nach wie es wohl ist einen Brief von jemandem zu lesen, der tot ist. Denke darüber nach, ob es einem hilft oder nur noch mehr Schmerz verursacht.

Daraufhin klingle ich die Schwester an, welche außer Atem zu mir ins Zimmer gerannt kommt.
„Ist alles in Ordnung?", fragt sie völlig aus der Puste.
Ein Nicken meinerseits, da ich meine Stimme bereits vor Tagen verloren habe.
Hier auf dem Nachttisch liegen bereits drei Briefe und ich werde direkt im Anschluss den vierten schreiben, ich wünsche mir, dass sie die Briefe bei sich aufbewahren bis ich sterbe und dann den Angehörigen geben, kritzle ich so schnell wie möglich, aber dennoch gut leserlich auf das weiße Blatt Papier und halte es ihr hin, damit sie es lesen kann.
„Sehr gerne", ein Lächeln tritt auf ihr schmales Gesicht, dann verschwindet sie aus dem Raum und lässt mich alleine.

Liebe Verlobte,

Ich sitze hier im Dunkeln in meinem Krankenzimmer, denke über mein Leben nach, aber vor allem über dich. Ich liebe dich so sehr, dass es schmerzt, jedes Mal wenn ich dich ansehe, weil ich nicht damit zurechtkomme der Liebe direkt ins Gesicht zu blicken. Du bist schöner als alles, was ich jemals mit meinen Augen gesehen habe und ich wünsche mir nichts mehr, als dass ich noch mehr Zeit auf dieser Erde hätte, um diese in deiner Gegenwart zu genießen. Denn mehr als dich brauche ich nicht.
Du bist alles was ich brauche um hier zu atmen, du hast alles was ich immer wollte und wenn du mich anstrahlst mit deinen graugrünen Augen, dann hört mein Herz für ein paar Augenblicke auf zu schlagen –

weil es bemerkt, dass es den Sinn im Leben gefunden hat. Du bist die Liebe meines Lebens gewesen und wirst sie auch immer bleiben, auch wenn mein Herz sich entschieden hat mein Leben zu beenden.

Seit ich das erste Mal in deine Augen gesehen habe, habe ich gespürt was Leben heißt, weil du mich lebendig machst – mit deiner puren Gegenwart.

Wenn meine Augen sich für immer schließen, möchte ich wissen, dass alle weiterleben – für mich.

Da ich mir nie Gedanken über ein Testament gemacht habe, möchte ich dir hiermit schriftlich die Erlaubnis erteilen, dass du dir so viele Klamotten aus meinem Schrank nehmen darfst wie du möchtest, denn mir gefällt die Vorstellung, dass du sie tragen wirst, weil sie an dir schöner aussehen als an mir.

Ich vermisse dich jetzt schon so sehr, dass es unmöglich zu ertragen ist.

Verdammt ich liebe dich so unglaublich, dass ich mir ein Leben ohne dich nicht vorstellen kann und ich bete dafür, dass ich dich irgendwie wieder sehen kann.

Dass es einen Ort gibt, an welchem ich auf dich warten kann – solange wie es braucht bis ich dich wieder sicher in meine Arme schließen kann.

Es gibt etwas, dass ich gerne noch ansprechen würde, in meinem letzten Brief den ich dir schreiben werde.

Dass ich mich für alle meine Fehler entschuldigen möchte.

Mir tut es leid, dass ich dir für eine Woche die Illusion an die große Liebe zerstört habe, indem ich mit dir Schluss gemacht habe – wenn ich auf mein Leben zurück blicke ist das nach wie vor der größte Fehler, den ich je begangen habe.

Außerdem möchte ich um Verzeihung bitten, für all die Worte die ich ausgesprochen habe, als der Krebs zu viel Kontrolle über mich ergriffen hat.
Denn in diesem Schreiben sollen die ehrlichsten Worte fallen, die ich mich nie getraut habe auszusprechen und jetzt da ich nicht mehr sprechen kann scheine ich die Worte endlich gefunden zu haben, nach denen ich ewig gesucht habe.
Liebe Aspyn, die du die Liebe meines Lebens bist, ich wünschte, ich hätte genügend Zeit gehabt mein Versprechen einzulösen, dass ich dir vor ein paar Tagen im Zeichen des Eherings gegeben habe. Aber du musst wissen, dass ich der glücklichste Mann gewesen bin, seit ich dich kenne und dass ich stolz bin dein Verlobter gewesen zu sein.
Für immer werde ich an all die wunderschönen Momente denken die wir erlebt haben, werde mich immer an die Gefühle erinnern, die du mir gegeben hast, in den Momenten, in denen wir uns mit nackter Seele gegenüber standen.
Kein Mensch auf dieser Welt kennt mich so gut wie du und dieser Gedanke ist schön für mich, weil ich weiß, dass es für immer so bleiben wird. Mit anderen Worten, du bist die Richtige.
Ich habe mich richtig entschieden, als die Wahl auf dich gefallen ist.
Du hast mein Leben auf Erden bunter gemalt, als ich es selbst geschafft hätte.
Ich liebe dich über alles.
Du wirst für immer in meinem Herzen sein, egal wohin mich mein Tod führt.
Alles, was ich mir je erträumt habe, hast du verkörpert.

Es war mir eine Ehre von dir geliebt zu werden und dich lieben zu dürfen.

*In ewiger Liebe,
dein Verlobter Simon.*

Mit einem Tränen benetzten Gesicht lege ich Stift und Papier weg, rolle mich zur Seite und lösche das Licht. Höre Aspyn´s Lachen in meinem Gehör. Verliere mich in all den Erinnerungen mit ihr, weil ich weiß, dass es die schönsten Geschichten zum Erzählen wären. Doch dann zwinge ich meinen zitternden Körper in den Schlaf, damit ich am folgenden Tag eines meiner Versprechen an Aspyn erfüllen kann. Bevor ich sterbe.

♦♦♦♦♦♦

06.09.20xx

Mein Wecker klingelt und ich krieche aus dem Bett hervor, schleiche mich den Gang entlang um ein paar Klamotten zu finden, damit ich zu ihrem Auftritt gehen kann. In einem Nebenraum stoße ich auf einen blauen Pullover und eine Jeans, meine Jordans durfte ich ja zum Glück im Krankenhaus behalten. Der Rest, meinten die Ärzte, würde sich nicht lohnen, da ich nicht mehr lebend aus dieser Geschichte kommen würde. Dann nehme ich den Bus und fahre zum Bahnhof und von da aus zum Konzertsaal, um ihrem Konzert zu lauschen.

Ich lasse mich an meinem, von ihr reservierten, Platz nieder und sehe ihr strahlendes Gesicht als der Vorhang fällt.

Nach ihrer Vorführung sprintet sie von der Bühne, hilft mir auf, denn mein eigener Körper ist zu kraftlos für solch einen Akt, zu weit ist der Krebs vorangeschritten.

„Warum bist du hierhergekommen?" will sie wissen, während ich mein Handy hervorhole, entsperre und dann eintippe: *Ich habe dir doch versprochen, dass ich keines deiner Konzerte verpassen werde! Solange ich lebe.*
Und während sie die Worte liest leert sich der Raum und mir wird schwindlig, meine Beine sacken mir weg und ich verliere jeglichen Halt. Hilflos stürze ich zu Boden, während meine linke Körperhälfte unter Krämpfen leidet. Zuletzt spüre ich die Nässe zwischen meinen Beinen, während sie den Krankenwagen ruft und sich mit zitternden Fingern an den Meinen festhält.

„Der Krankenwagen kommt, alles ist gut, Schatz. Bald geht es dir besser", haucht sie unter ihren Tränen und dem tiefen Schluchzen hervor.

♦♦♦♦♦♦

09.09.20xx

Als ich das erste Mal nach dem Anfall im Konzertsaal meine Augen öffne, drehe ich mich schwermütig Richtung Fenster. Erkenne den Sonnenaufgang, wie er bunt leuchtet in sanften gelb und rot Tönen, spüre wie meine Atemzüge immer flacher werden und

meine Gedanken immer mehr verschwinden. Ich habe nie geglaubt, dass man spürt wann das eigene Leben vorbei ist, aber in diesem Moment weiß ich genau, dass das Ende direkt bevorsteht.
Zeitgleich bin ich froh darüber, dass keiner meiner Geliebten diese Szene mit ansehen muss, sondern dass ich mich alleine dem Tod stellen muss. Meine Atemzüge werden immer flacher und ich genieße ein letztes Mal das Streicheln des Windes über meine kalte Haut, weil ich nicht weiß, wohin mich mein Tod bringt.
Dann schließe ich meine Augen, sehe ein helles Licht und steure darauf zu, genieße die Bilder, Erinnerungen und Stimmen die an mir vorbeiziehen und mich glücklich machen.
Hiermit möchte ich mich für mein Leben bedanken, für all das, was ich erleben durfte. Einen tollen Vater, eine wundervolle Mutter, den besten Freund und die schönste Verlobte, die je ein anderer hatte.

Leben ist wertvoll, denke ich mit meinem letzten Atemzug.

Letztes Kapitel

Aspyn fährt mit dem Auto vor, bleibt dann jedoch noch auf dem Fahrersitz sitzen und dreht langsam den Schlüssel des Autos in ihren Händen. Schließlich nimmt sie ihre Kraft zusammen und öffnet mit einem Schwung die Tür, steigt dann aus der Maschine und verriegelt diese. Mit schweren Schritten schreitet sie zur Haustüre und klingelt. Kurz darauf steht Simon´s Mutter im Türrahmen. „Wie schön dich wieder zu sehen", ihre Stimme lächelt aber ihre Augen erinnern an getönte Scheiben, sie kann nach draußen sehen, aber keiner in sie hinein.
Als die Monate nach Simon´s Tod verstrichen sind, geriet seine Mutter immer mehr in eine tiefe Schlucht, kapselte sich ab und keiner konnte sie aus dieser Stille befreien. Zu allem Übel entschied sich ihr Mann gegen ein weiteres Leben mit seiner Frau und trennte sich von ihr. Mittlerweile sind Simon´s Eltern voneinander geschieden und es ist genau das passiert, wovor Simon sich immer gefürchtet hatte. Weil er mit seinem Gehirntumor seiner Familie etwas zugemutet hat, was keiner Familie zustoßen sollte.
„Ich wollte mich noch einmal in Simons Zimmer umsehen", bittet Aspyn um Erlaubnis und seine Mutter lässt sie schließlich gewähren.
In seinem Zimmer ist nichts außer Stille, seit er weg ist herrscht Ruhe in seinen vier Wänden, die Jalousie ist geschlossen und alle Schranktüren und Fenster fest verschlossen, damit sein Geruch nicht entflieht.

Dabei hat jeder, der ihn auch nur flüchtig kannte, gewusst, dass der Wind, der über seine Haut streichelte sein größtes Glück auf dieser Erde gewesen ist, mehr hat er nicht gebraucht – beinahe. Doch seine Mutter hat Angst, dass sie ihn verliert wenn sie seinen Duft entweichen lässt. Denn diese schwachen Nuancen halten ihn lebendig. Es ist, als sei er hier unter denen, die ihn lieben – beinahe. Aspyn schließt die Türe hinter sich, setzt sich auf sein Bett und sieht aus dem Fenster. Sie hätte alles getan für ein paar Stunden mehr mit ihm, in denen sie ihm nochmals hätte sagen können, wie sehr sie ihn liebt und dass sie ihn immer lieben wird.

Wer weiß schon wie ihr Leben geworden wäre, wenn Simon nicht damals am 09.September gestorben wäre, vielleicht wäre sie heute noch mit ihm zusammen.

Glücklich verheiratet, in einem schönen Haus und mit Kindern, die ihm ähnlich sehen würden. Schließlich streift sie ihre Schuhe von den Füßen und kuschelt sich unter seine Decke, saugt tief seinen Geruch ein, versucht ihre Trauer nicht Überhand nehmen zu lassen.

Am liebsten würde sie hierbleiben, von ihm umgeben in seinem Zimmer liegend, aber egal wie sehr sie sich seine unmittelbare Nähe auch wünscht, er wird nicht zurück kommen.

„Alles in Ordnung?" klingt die Stimme seiner Mutter dumpf durch die Tür, während seine Verlobte sich aus der Decke schält und wieder in ihre Schuhe schlüpft, dann noch einmal seine Schranktür öffnet.

Obwohl sie genau weiß, dass sie die meisten seiner Klamotten bei sich hat, weil er in seinem letzten Brief an sie, ihr diese Erlaubnis erteilt hat.

Auch fragt sie sich, ob ihm wohl mehr Zeit geblieben wäre, wäre er damals nicht zu ihrem Konzert erschienen, mit kahlem Schädel, dem Piercing in der Nase und den tätowierten Schwingen auf den Unterarmen. In diesen schlabbrigen Klamotten und seinen geliebten Jordans.

Als sie ihn in ihren Armen gehalten hatte und flehte, dass er nicht von dieser Welt gehen würde, weil ihr Herz dann zerspringen würde.

Langsam tasten ihre Gedanken sich an den 09.September an. Als das Telefon klingelte und sie den Hörer abhob, sich mit ihrem Namen meldete und an der anderen Leitung nur zu hören war: „Simon ist soeben verstorben, unser herzlichstes Beileid" Ihre gesamte Welt zerbrach, sie konnte spüren wie ihr Herz für mehrere Schläge aussetzte und war verwundert, dass sie nicht bemerkt hatte, das etwas nicht stimmte.

Und dann stürzte sie und ihre Eltern kamen herbeigeeilt, nahmen sie in den Arm und versuchten sie zu beruhigen, aber sie konnte nicht, sie flehte, dass sie jemand zu ihm fahren würde.

Ihr Vater saß am Steuer, während ihre Mutter mit ihr auf dem Rücksitz gesessen hatte, sie in den Armen wog, als würde dadurch alles besser werden.

Aber es wurde nichts besser, es tat nur mehr weh, desto näher sie dem Krankenhaus kam und dann begegnete sie Karsten in der Eingangshalle und er hielt sie einfach nur fest. Er fragte nicht, er redete nicht, weil er wusste, dass die Stille besser zu ertragen war.

Schließlich nahm er ihre Hand und ging mit ihr in sein Krankenzimmer, in dem sie vor ein paar Stunden noch neben ihm gesessen hatte, als er noch immer schlief nach seinem Krebs-Anfall in der Konzerthalle.

Ihr Herz pochte bis ins Unerträgliche und sie überschritt die Schwelle, trat in das Zimmer und sah ihn dort liegen, den Körper Richtung Fenster, als würde er die aufgehende Sonne betrachten.

Sie traute sich nicht, näher zu gehen, denn wenn sie ihn berühren würde, dann wäre sein Tod echt – dann gäbe es kein Zurück mehr.

Jeder Schritt, den sie auf ihn zu machte, bedeutete zeitgleich einen weiteren Schritt in ein Leben ohne ihn. In ein Leben, dass sie nicht wollte – weil er darin nicht mehr vorkam.

Seine Beerdigung folgte schon Tage später, zuvor hatte Aspyn sorgfältig Simons Nachruf aus der Zeitung geschnitten, ihn perfekt gefaltet und in ihrem Geldbeutel verstaut – direkt hinter sein Bild das sie schon ewig bei sich trug.

Am Tag seiner Beerdigung trug sie ein schwarzes, schlichtes Kleid, die Haare in einer aufwendigen Flechtfrisur um ihren Kopf gelegt und als Schmuck nur seinen Verlobungsring. Zuletzt setzte sie eine Sonnenbrille auf ihre Nase und ihre gesamte Familie nahm an seiner Abschiedsfeier teil. Mit schwerem Herzen lauschte sie den Worten, die die anderen über ihn verloren und als sie schließlich vorne stand schluckte sie. Danach schaffte sie es ein paar Worte zu sagen um ihn zu ehren. „Es mag egoistisch klingen, aber eigentlich möchte ich keine meiner wundervollen Erinnerungen mit irgendwem anderen teilen, als mit Simon. Ich möchte Sie nur wissen lassen, dass dieser Mensch Gold wert gewesen ist und das auch, wenn der Krebs ihn verändert haben mag – in seiner Brust hat immer dasselbe Herz geschlagen", dann trat sie aus der Aufmerksamkeit die die anderen ihr schenkten zurück und begegnete einer volltätowierten, jungen Frau.

„Guten Tag", flüsterte Aspyn und ihr verschlug es die Sprache als die Hände der Frau ein Bild von Simon offenbarten. Wie er lächelnd auf einem Stuhl saß und strahlend seine Tattoos präsentierte. „Einer der wundervollsten Menschen den ich je kennenlernen durfte", waren ihre Worte und sie zog sich die Mütze ab und reichte sie Aspyn´s mageren Fingern, weil sie appetitlos war seit Simons Tod. „Behalten Sie die Mütze, ich habe sehr viele von seinen Klamotten und Sie nur diesen winzigen Teil", gestand Aspyn ihr und nahm stattdessen das Bild in die Hand.

„Dann ist das Bild deins, er war so glücklich, als er bei mir im Studio war", die Worte wärmten Aspyn´s Herz und sie bedankte sich, dass die Frau erschienen war. „Das ist meine erste Beerdigung und das Warten hat sich gelohnt für ihn", mit diesen Worten trat Angel davon und Aspyn war froh, als sie nach Hause gehen konnte und die Blicke der anderen Teilnehmer von ihrem Rücken spürbar verschwunden waren.

Die Zeit ist vergangen und doch nehmen ihre Besuche nicht an Häufigkeit ab. Sie ist traurig seit er weg ist und weiß nicht direkt, wie sie damit umgehen sollte. Mit der Trauer und der Einsamkeit.
Doch sie hat einen Weg gefunden die Trauer nur über sich hereinbrechen zu lassen, sobald sie direkt vor seinem Grab steht und alles was sie sieht, bevor ihre Sicht verschwimmt, ist sein Name und sein Todesdatum.
Ein Datum, welches sich in ihr Herz gebrannt hat, noch mehr als der Todestag ihres Großvaters. Sie ist nach wie vor traurig und verletzt wenn jemand das Thema anspricht, aber sie trägt bis heute den Ring, den er ihr vermacht hat. Nie wird sie vergessen, dass sie seine Verlobte ist. Eine Verlobte von dem wundervollsten Menschen, den sie je kennengelernt hat. Auch wenn jetzt ein anderer Mann an ihrer Seite ist, so weiß sie, dass ihre erste Liebe auch immer die größte sein wird.
Mit einem tiefen Atemzug verlässt sie sein Zimmer und geht nach unten zu seiner Mutter, welche sie fest in die Arme schließt.
„Ich werde dich wieder besuchen kommen", verspricht sie den traurigen Augen die Simons so ähneln. Dann verlässt sie schließlich das Haus, mit all den Erinnerungen und setzt sich wieder in ihr Auto um den nächsten Schritt zu wagen, ein Schritt vor dem sie sich ewig gefürchtet hatte.
Eine halbe Stunde später steht sie vor seinem Grab, betrachtet den glatten Stein, in dem seine Daten gemeißelt sind – traurig, dass auf dieser Welt nicht

mehr zurückbleiben wird, als dieses Zeichen, wenn alle die ihn kannten von dieser Erde gegangen sind.

Somit denkt sie wieder an die Dinge, an die sie oft denkt: sein letztes Lächeln, sein letztes Bild, sein letztes Gespräch und gerne würde sie auch wissen was sein letzter Gedanke gewesen ist – in dem Moment, als er von dieser Welt ging.

Jedoch sind dies alles Dinge, die sie nie wissen kann – doch zeitgleich ist ihr bewusst, dass auch Simon das nie gewusst hatte. Das auch er mit dieser Ungewissheit zurecht kommen musste. Und kurz darauf schießt ihr sein Anruf durch den Kopf, als er ihr sagen wollte, dass er sie für immer lieben würde, aus Angst seine Stimme würde ihm jenes verwehren.

Und genau jene Augenblicke machten sie in ihrer Trauerphase glücklich – weil er immer mehr an andere dachte, als an sich selbst.

„Oh Simon, ich wünschte du wärst noch hier, direkt neben mir und würdest mit mir auf ein anderes Grab blicken, als auf das Deine. Ich habe so sehr gehofft, dass deine gezählten Tage stillstehen und dir mehr Zeit bleibt. Ich vermisse dich so unheimlich und mir tut es leid dir das sagen zu müssen, aber ich mache das, wovon du immer gesagt hast, dass ich es tun soll. Ich versuche wieder einen Fuß im Leben zu fassen und werde vorerst das letzte Mal an deinem Grab stehen, weil ich nun in eine größere Stadt gehe um dort neues Glück zu finden.

Aber habe keine Sorge, ich werde mich immer an dich erinnern und dich niemals vergessen, ich liebe dich nach wie vor, mein Engel auf Erden, und ich hoffe auch, dass du irgendwo da oben auf mich wartest.
Danke, dass ich dich kennenlernen durfte", ihre Worte sind nur gehaucht, damit nur seine Ohren diese erhören können und niemand anderes ihren vorerst letzten Worte an ihn lauschen kann. Als sie mit zitternden Fingern direkt an dem Fleck steht, an dem sein Körper begraben liegt, weiß sie, dass sie ihn nicht vergessen wird – ein Leben lang nicht.
Dies gefällt ihr, weil sie weiß, dass er durch ihre Erinnerungen irgendwie immer noch am Leben ist.
Dennoch hat es lange gedauert, bis sie begriffen hat, dass er nie mehr neben ihr sitzen würde – atmend sie im Arm haltend. Er würde nicht mehr zurückkommen, egal wie sehr sie es sich auch wünschte. Er war für immer von dieser Welt gegangen.
Aber auch für immer in ihrem Herzen und sie würde ihn niemals mehr loslassen.
Mit schweren Schritten trat sie vom Friedhof, hielt die Tränen zurück.
Nach wie vor hätte sie Simon gefallen und seinen Herzrhythmus bis ins Unendliche steigen lassen, mit ihrer simplen Jeans und einer schicken weißen Bluse, die Haare zu einem Pferdeschwanz und immer noch dieselben graugrünen Augen die ihm immer den Verstand geraubt hatten.

Es herrschte ein langes Schweigen nach Simon´s Tod in Aspyn´s Herzen. Sie hatte jenes Glück im Leben

verloren, dass sie gebraucht hatte zum Atmen. Sie fühlte sich leer und allein gelassen als hätte jemand all ihre Farben geklaut und nur eine sinnlose Deckweiß übrig gelassen, damit sie keine Erinnerungen mehr bunt malen konnte.
Jenes stimmte sie traurig, ließ sie wieder zurück in ihre einst überstandene Depression gleiten. Ihr früheres Unglück, welches sie – dem Himmel sei Dank – in Simon´s Arme getrieben hatte. Sie hätte wieder versinken können aber versuchte für ihren verstorbenen Verlobten am Leben zu bleiben. Sie musste vieles neu lernen – aber vor allem, wie man ohne den wichtigsten Menschen lebt.
Die schwerste Aufgabe die sie meistern musste.
Aspyn lief Richtung Ausgang des Friedhofs und da wartet er schon: in schwarzen Schuhen, einer schwarzen Hose, einem weißen Shirt und lächelt sie an.
Denn er war derjenige, der sie wieder zurück ins Leben geholt hatte, der ihr gezeigt hatte, dass es nach der großen Liebe auch nochmals Liebe geben kann. Eine Liebe, die sie aus ihrer Depression befreite und die ihr all die Hoffnung zurückbrachte die durch Simon´s Tod genommen wurde. „Ist alles in Ordnung?" fragte seine warme Stimme, schloss sie dann in die Arme als er bemerkte, dass ihre Augen in glänzenden Tränen standen.
„Es tut wirklich weh in hier zu lassen", drang ihre gebrochene Stimme ans Tageslicht und die Tonlage gleicht dem Gefühl in ihrem Inneren.

„Ich hätte mir doch nur mehr Zeit mit ihm gewünscht", schüttete Aspyn ihr Herz aus, genoss die starken Arme um ihren Körper, die ihr einziger Halt in diesem Moment waren.
„Er hat sich gewünscht, dass du glücklich wirst und weiter lebst, Aspyn. Weil er dich so sehr geliebt hat", seine Worte heilten ihr geschundenes Herz, welches sie zum Schutz vor sich selbst in die Hände ihres Gegenübers gelegt hat. Denn ihr eigentliches Vorhaben war es, dass schlagende Ding zu zerstören, damit es nie mehr Liebe finden würde.

Danach herrschte Stille und sie ist dem Mann, der sie im Arm hielt sehr dankbar dafür, denn sie bevorzugt das Schweigen in einer Welt, die nie aufhört zu sprechen.

Damals ist Aspyn mit einem offenen Blick durch die Welt geirrt um vielleicht nochmal ein Gesicht zu sehen, dass Simons ähnelte. Ein Lachen zu hören, dass wie seines klingt und in Augen zu sehen, die wie seine sind. Denn sie hat nach etwas gesucht, dass sie stärkt, hat sich nach etwas gesehnt tief in ihrem Herzen. Nach jemandem, dem sie nicht erläutern muss, dass ihre große Liebe an einem Gehirntumor gestorben ist. Weil sie nicht ihre Erinnerungen und dieses schöne Kapitel in ihrem Leben mit jemand Fremden teilen wollte.

Und bei ihrer Suche nach dem Unwichtigen, war sie zu blind um zu erkennen, dass der perfekte Mensch für ihre Situation und für ihr Wesen nach Simon´s Tod die ganze Zeit bei ihr gewesen ist. Sie hat begriffen, dass er der Mensch war, der Simon sogar besser kannte als sie und dem sie nicht erst mit Worten würde versuchen müssen zu erklären, wie besonders Simon gewesen ist. Aspyn braucht jemand, der sie liebt, der sie so nimmt wie sie ist. Mit ihrer Geschichte, ihrer Vergangenheit und mit ihrer Gegenwart. Jemand, der alles nimmt oder gar nichts. Einen bei dem sie sich die ganze Zeit wohl fühlt, wie in Simon´s Gegenwart.

„All die Dinge, die wir erlebt haben, werden irgendwann nur noch Geschichten sein, die wir unseren Kindern mit gläsernen Augen erzählen", er nimmt ihr Gesicht in seine Hände und küsst sacht ihre Tränen fort.

„Geschichten sind wichtig, weil uns mit Simon nichts anderes bleibt", seine Lippen berühren die Ihren und die Gefühle, die sie durchrauschen sind andere als bei Simon, weil das eine mit dem anderen nicht verglichen werden darf.

„Wir schaffen das Aspyn, wir finden einen Weg ins Leben zurück", er streicht ihr eine wirre Strähne hinters Ohr, die sich aus ihrem Zopf gelöst hat.

„Wie kannst du so optimistisch sein?", will sie wissen.

„Solange ich bei dir bin, kann ich überall auf der Welt sein", ein Lächeln erhellt ihr Gesicht und sie setzen sich ins Auto, sie startet den Motor.

„Ich habe nie gedacht, dass wenn ich mich von ihm verabschiede es das letzte Mal ist, damals als er noch gelebt hat. Weißt du, ich habe immer geglaubt, da wird mehr sein. Ich dachte, wir haben die Ewigkeit.

Aber keiner hat sie", er legt seine Finger auf ihren Schenkel und nickt.

„Ich kann dir zwar keine Ewigkeit versprechen, aber ich kann dir gezählte Tage schenken mit einem Menschen, der die gleichen Dinge liebt wie du und dieselben Schmerzen kennt", die Ampel vor ihnen schaltet auf Rot und Aspyn beugt sich zu ihm rüber und küsst ihn zärtlich auf seine Lippen.

„Ich liebe dich, Aspyn"

„Ich liebe dich auch, Karsten", gemeinsam würden Aspyn und Karsten wieder den Weg ins Leben finden, ohne die wichtigste Person in ihrem Leben – Simon.

Herstellung und Verlag:
BoD - Books on Demand, Norderstedt
ISBN 978-3-7431-6222-8